Le Clan des Sept à la rescousse

L'ÉDITION ORIGINALE DE CET OUVRAGE A PARU EN LANGUE ANGLAISE CHEZ HODDER & STOUGHTON, LONDRES, SOUS LE TITRE :

SECRET SEVEN MYSTERY

Traduction revue par Rosalind Elland-Goldsmith.

Hachette Livre, 43, quai de Grenelle, 75015 Paris.

Enid Blyton™

Le Clan des Sept à la rescousse

Illustrations
Edith

hachette
JEUNESSE

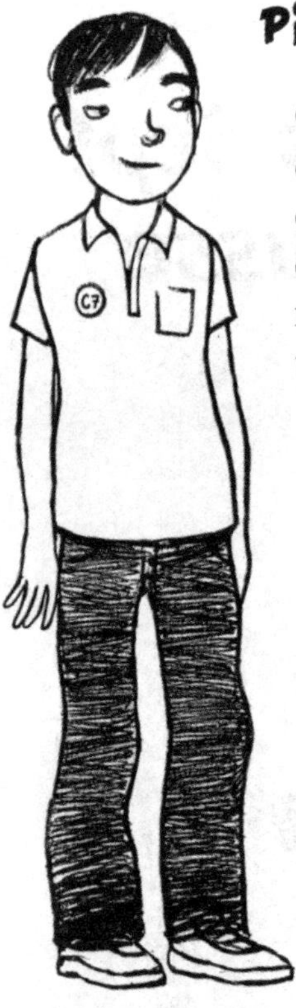

PIERRE

C'est l'aîné du Clan des Sept, et son chef incontesté ! Pour qu'on le respecte, il fait preuve de courage et n'hésite pas à se montrer autoritaire… un peu trop parfois !

JEANNETTE

C'est la petite sœur de Pierre. La preuve : elle est aussi débrouillarde que lui ! Ensemble, ils ont fondé le Clan des Sept.

COLIN

Malgré sa maladresse légendaire et son tempérament brouillon, Colin est un ami fidèle, toujours prêt à rendre service.

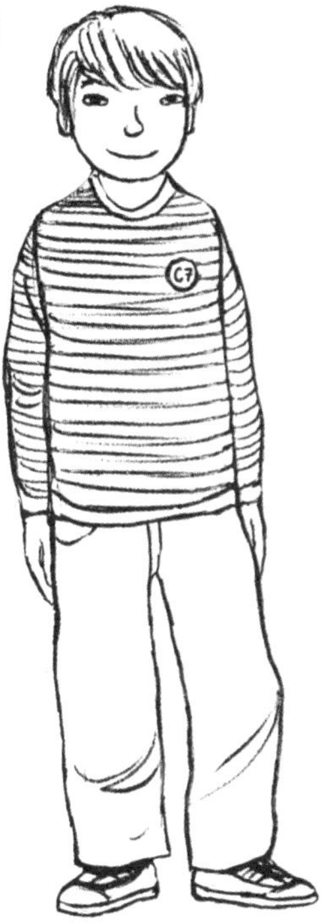

JACQUES

Tout serait plus simple pour ce doux rêveur, si sa sœur Suzie ne l'embêtait pas sans arrêt… Heureusement, ses amis du Clan l'aident à déjouer les mauvais tours de cette inlassable chipie !

GEORGES

Le plus discret des garçons,
mais il adore jouer les détectives.
Pour rien au monde,
il ne manquerait une aventure
du Clan des Sept !

PAM

Face aux pires dangers,
elle sait garder son calme.
Une seule chose la rend folle
de colère : quand on l'appelle
« Pamela », son vrai prénom
qu'elle déteste !

BABETTE

La plus jeune du Clan, mais certainement pas la moins courageuse !

MOUSTIQUE

Toute la bande adore l'épagneul de Pierre et Jeannette. Pas de doute, Moustique est la mascotte du Clan des Sept !

chapitre 1

Du travail pour le Clan des Sept

Par une belle matinée de printemps, Pierre et Jeannette prennent leur petit déjeuner avec leur père et leur mère ; Moustique, l'épagneul roux, occupe sa place habituelle sous la table.

— Papa..., commence Pierre, mais sa mère, d'un froncement de sourcils, lui impose silence.

— Ton père lit son journal, dit-elle. Ne le dérange pas.

M. Dufour abaisse son quotidien et sourit.

— Les membres du Clan des Sept ont-ils envie de se rendre utiles ? demande-t-il. Je viens de lire quelque chose qui me paraît tout à fait de leur ressort.

— Qu'est-ce que c'est, papa ? questionne Pierre.

Jeannette tend l'oreille elle aussi, sa tartine en l'air ; elle est si intéressée par ce préambule qu'elle en oublie de manger !

— Il s'agit d'une écolière qui a disparu, explique leur père en consultant le journal. Elle a volé de l'argent à son professeur, et quand les gendarmes sont allés interroger la tante qui s'occupe d'elle en l'absence de ses parents, elle s'est enfuie.

— Que peut faire le Clan des Sept ? interroge Pierre, surpris.

— Je vais te lire l'article, poursuit son père en appuyant le journal devant lui contre le sucrier : *« La jeune Élisabeth Marie Louise Masson, accusée d'avoir volé de l'argent dans le bureau de son professeur, a quitté dimanche soir la maison de sa tante. Elle portait un manteau bleu marine, une jupe de même couleur, un chemisier blanc et un béret. Elle n'a emporté aucun bagage... Ses parents sont à l'étranger et elle a un frère qui fait actuellement un voyage en Angleterre. »*

Le père de Pierre lève les yeux par-dessus le journal.

— Voici maintenant ce qui peut vous intéresser, les Sept, ajoute-t-il : *« Le même soir, Élisabeth a été aperçue dans les rues de Blainville. On pense qu'elle pourrait avoir l'intention de chercher refuge chez sa grand-mère qui habite ce village. »*

— Blainville ! Mais c'est tout près de chez nous ! remarque Jeannette. Tu crois que le Clan des Sept pourrait se mettre à la recherche d'Élisabeth, papa ? Oui... ce serait très possible. Comment elle est ?

— Voici son portrait, répond son père en lui tendant le journal. La photo est un peu floue, mais ses vêtements pourront aider à la reconnaître.

Pierre et Jeannette se penchent avec curiosité sur la page. Ils voient la photographie d'une enfant gaie et rieuse un peu plus âgée qu'eux ; une masse de cheveux soyeux et bouclés encadre son visage. Elle est non seulement jolie, mais a encore l'air très sympathique.

« Pourtant, si elle a volé de l'argent et s'est enfuie, c'est une fille horrible ! » pense Jeannette.

Elle se tourne vers son père :

— Où habite sa grand-mère à Blainville ?

— Je ne crois pas qu'on indique l'adresse, réplique M. Dufour en reprenant le journal. Je vous conseille de lire l'édition du soir qui donnera sans doute d'autres détails. Si la petite va chez sa grand-mère, on la retrouvera tout de suite, bien entendu. Mais si elle se cache aux environs, vous pourriez la dénicher. À la rescousse, le Clan des Sept !

— Oui, c'est une mission pour nous, approuve Pierre. Justement, on n'a rien eu d'intéressant à faire ces derniers temps. Demain, on tiendra une réunion !

L'après-midi, en rentrant de l'école, Jeannette écrit les convocations. Toutes les lettres sont rédigées dans les mêmes termes :

« Cher membre du Clan des Sept,

Une réunion aura lieu demain matin mercredi à neuf heures précises dans la remise. Mets ton badge et n'oublie pas le mot de passe. »

Pierre signe en bas de la page, puis Jeannette et lui enfourchent leurs bicyclettes et vont distribuer les invitations ; Moustique trotte à leur côté. Les deux enfants ne se tiennent pas de joie. On n'a peut-être pas besoin d'eux pour retrouver la disparue, mais ce sera pendant quelques jours un sujet de conversation et un prétexte pour justifier l'existence du Clan !

— Au retour, on achètera le journal du soir et on verra s'il parle d'Élisabeth Masson, déclare Pierre.

Leur tournée faite, ils entrent chez le marchand de journaux. À peine sortis de la boutique, ils parcourent rapidement les pages. Enfin, ils trouvent un petit article intitulé :

Étrange disparition d'une écolière.

— Voilà ! s'écrie Pierre. Regarde, Jeannette : *« Élisabeth Masson, qui ne s'est pas présentée chez sa grand-mère, est toujours introuvable. Les personnes qui verraient une enfant répondant au signalement suivant sont priées d'avertir immédiatement la gendarmerie. »* Tu vois, Jeannette, on la décrit. C'est parfait. Demain, à la réunion, on montrera l'article à tous les membres.

— Très bien. Et maintenant, dépêchons-nous, car on est plutôt en retard. Si on veut être à l'heure pour dîner, il faut qu'on pédale ferme. Galope, Moustique !

La langue pendante et ses longues oreilles au vent, Moustique court de toute la vitesse de ses pattes. Sans être à proprement parler membre du Clan, il en fait tout de même partie. Aucune réunion ne serait complète sans lui.

— Quel est le mot de passe, Pierre ? questionne Jeannette pendant qu'ils rangent leurs vélos. Il y a un siècle qu'on ne s'est pas réunis.

— C'est une chance que je ne l'oublie jamais, moi, fait remarquer Pierre. Je ne te le dirai pas... mais je veux bien t'aider un peu. Pense à un mouton et tu te le rappelleras.

— Un mouton ? répète Jeannette, intriguée. Ça me fait penser à des côtelettes comme celles qu'on a mangées au déjeuner... ou à la bergère qui garde ses blancs moutons, comme dans la chanson.

— Il ne s'agit pas de ça ! riposte Pierre en riant. Essaie encore, Jeannette ; on verra demain si tu as trouvé.

chapitre 2

Pan ! Pan ! Pan !

— Tu as retrouvé le mot de passe ? demande Pierre le lendemain matin pendant que Jeannette et lui préparent la cabane pour la réunion.

— Non, pas encore. Tu pourrais me le dire, parce que tu sais très bien qu'il faut que j'assiste à la réunion. *Mouton !...* J'ai tourné et retourné ce mot-là dans ma tête mais il ne me rappelle rien, à part ce que je t'ai dit hier soir. Rappelle-moi le mot, Pierre, s'il te plaît.

— Non, répond fermement son frère. Tu oublies toujours. Il est temps que tu reçoives une leçon. Je ne te permettrai pas d'entrer si tu ne connais pas le mot de passe. En attendant, va demander à maman si elle veut bien nous donner quelques-uns des biscuits qu'elle a faits la semaine dernière.

— Vas-y toi-même, rétorque Jeannette, de mauvaise humeur.

— Je suis le chef du Clan des Sept, rappelle Pierre. Tu dois m'obéir, Jeannette.

Jeannette s'exécute, boudeuse.

Pierre lui permettra-t-il d'assister à la réunion ? Elle a bien peur que non. Il est tellement à cheval sur le règlement !

Elle entre dans la cuisine, mais personne n'est là. Un gigot, que le boucher vient de livrer, attend sur la table. Jeannette le regarde, les sourcils froncés.

— Qu'est-ce que ça pourrait me rappeler ? Je ne peux pas l'imaginer. Ah ! Voici Marie... Marie, est-ce que tu veux bien nous donner des biscuits que maman a faits l'autre jour ?... Oh ! qu'est-ce que tu as là ? De l'ail ? Laisse-moi le sentir. C'est drôle qu'il y ait des gens qui détestent cette odeur ; moi, j'aime bien ça.

— C'est pour piquer dans le gigot, explique la femme de ménage. Je vais....

— Dans le gigot de mouton... Ça y est ! J'y suis !... Le mot de passe, c'est « Gousse d'ail » ! Que je suis bête ! s'écrie Jeannette. (Elle reprend aussitôt, d'un ton solennel :) Marie, tu oublieras ce que je t'ai dit, d'accord ?

— Qu'est-ce que tu racontes donc ? interroge la jeune femme en sortant la boîte de biscuits d'un placard. Tiens, tu peux prendre tout ça. Ta maman doit en faire d'autres demain.

— Merci ! lance Jeannette, au comble de la joie.

Et, chargée de la boîte, elle traverse le jardin en courant. Quand elle arrive près de la cabane, elle se met à crier à tue-tête :

— Gousse d'ail ! Gousse d'ail ! Gousse d'ail !

— Tu es folle ! réagit Pierre d'une voix irritée, et qui, furieux sort de la cabane. Tu hurles le mot de passe de toutes tes forces et n'importe qui peut l'entendre. Quand même, je suis content que tu t'en souviennes.

— Marie est arrivée avec de l'ail pour piquer dans le gigot. J'ai eu de la chance, pas vrai ? Oh ! Moustique, tu sens que j'apporte des biscuits ; reste tranquille. Je pense bien qu'il y en aura un pour toi. Pierre, il est presque neuf heures.

— Je le sais, répond son frère. Je suis prêt. Il y a assez de sièges ? Voyons... il en manque un. Tu seras obligée de retourner ce grand pot de fleurs pour t'asseoir dessus, Jeannette. Le jardinier a dû prendre notre septième caisse.

Moustique se met à aboyer.

— Voilà quelqu'un ! constate Pierre. Ferme la porte, Jeannette, s'il te plaît. Il faudra demander le mot de passe comme d'habitude.

Pan ! Pan !

— Le mot de passe ? exige Pierre.

— Gousse d'ail ! répliquent deux voix.

— Entrez.

Jeannette ouvre la porte.

— Bonjour, Georges ! Bonjour, Colin ! Vous êtes très ponctuels.

Pan ! Pan !

— Le mot de passe ? demande Pierre.

— J'ai oublié, chuchote une voix à travers le trou de la serrure. Mais c'est moi, Pam. Tu peux me laisser entrer.

— Non, c'est impossible. Tu connais les règles, rétorque sévèrement Pierre.

— Pense à quelque chose qu'on met dans le gigot de mouton, lance Jeannette sans laisser à Pierre le temps de l'interrompre.

Un petit rire se fait entendre.

— J'y suis !... Gousse d'ail !

Jeannette ouvre la porte, mais Pierre est en colère.

— Qui t'a permis d'aider Paméla ? Tu n'en avais pas le droit.

— Tu m'as bien mise sur la voie, proteste Jeannette indignée. Tu m'as dit : « Pense au mouton. » Non ?

— Quelqu'un vient, remarque Pierre qui ne tient pas à s'attarder sur ce sujet épineux.

Pan ! Pan !

— Gousse d'ail ! chuchotent deux voix.

— Entrez ! crie Pierre.

Jacques et Babette paraissent ensemble.

Moustique les accueille avec de bruyantes effusions. Tous s'assoient et regardent Pierre. Ils sont sur des charbons ardents.

— Il y a du nouveau ? s'empresse d'interroger Jacques.

— Oui, acquiesce Pierre. J'espère que ta peste de sœur n'est pas là, Jacques. C'est une réunion très importante.

— Non. Elle accompagne maman au marché, assure Jacques. Elle ne sait même pas qu'il y a une réunion. On ne risque rien. Elle ne viendra pas nous espionner.

— Prenez un biscuit, propose Jeannette.

La boîte en fer fait le tour de l'assemblée.

Pierre toussote.

— Passons aux choses sérieuses, décide-t-il. C'est papa qui a pensé qu'on pourrait se charger d'une enquête. Je vais vous dire de quoi il s'agit et vous verrez que c'est extrêmement important. Une fille, qui en l'absence de ses parents était confiée à une tante, a volé de l'argent à sa maîtresse et s'est enfuie. Elle a été aperçue près d'ici, au village de Blainville. Sa grand-mère y habite, mais la fugitive ne s'est pas rendue chez elle.

— Oh !... Je suppose que le Clan des Sept doit aider à la retrouver, comprend Jacques. C'est tout à fait dans nos cordes. Elle ressemble à quoi, cette fille ? Et quels sont tes projets, Pierre ?

— C'est justement l'objet de cette réunion. Écoutez.

chapitre 3

Comment retrouver Élisabeth ?

Pierre donne des explications claires et précises.

— La fille s'appelle Élisabeth Marie Louise Masson. Ses parents sont à l'étranger ; elle est en pension toute la semaine et elle a une tante qui l'accueille du samedi soir au lundi matin. Son frère voyage en Angleterre. Elle a été accusée d'avoir volé de l'argent dans le bureau de sa maîtresse ; quand les gendarmes se sont présentés chez sa tante, elle s'est enfuie.

— Comment était-elle habillée ? demande Pam.

— Elle portait ses habits habituels, ceux qu'elle avait en pension. Voici sa photo. Un manteau bleu marine, un béret, des chaussures de sport, des chaussettes blanches. Il paraît qu'elle a aussi une jupe bleue et un chemisier blanc ; en fait, elle est habillée comme n'importe quelle écolière.

— Elle a peut-être changé de vêtements avant de partir, interrompt Jacques. Elle a pu mettre un autre manteau, par exemple.

— Non. Sa tante dit qu'elle n'a rien pris dans l'armoire, elle n'a emporté que ce qu'elle avait sur elle, explique Pierre. Vous pouvez être sûrs que la tante a vérifié avec soin ; il est difficile de retrouver quelqu'un dont on ne connaît pas les habits.

— Et son signalement ? questionne Jeannette. Il était dans le journal hier soir, pas vrai, Pierre ?

— Oui, le voici, dit son frère qui lit tout haut : *« Élisabeth est reconnaissable à ses épais cheveux bruns très bouclés ; elle a les yeux marron, les sourcils droits, une cicatrice sur un bras. Elle est grande pour son âge et forte. Elle nage bien et elle aime beaucoup les chevaux. »* Voilà... Vous croyez que vous pourriez l'identifier si vous la trouviez sur votre chemin ?

— Peut-être, réplique Colin sans grande conviction. Mais des tas de filles ont des cheveux bruns et bouclés et des yeux marron. Si elle porte des manches courtes, la cicatrice sera visible, mais elle prendra probablement soin de ne pas la montrer.

— Comment commencer les recherches ? intervient Georges. On va à Blainville à bicyclette et on parcourt toutes les rues les unes après les autres ?

— C'est justement ce dont il faut discuter, convient Pierre. Je ne crois pas qu'on arrivera à un résultat en déambulant dans Blainville. Élisabeth s'est débrouillée, je suppose, pour découvrir un refuge. Elle ne se promène pas en plein jour ; elle se cache quelque part.

— Où ? demande Pam.

— Comment veux-tu que je le sache, Paméla ? s'écrie le chef du Clan, furieux de cette question stupide.

— Ne m'appelle pas comme ça, je te l'interdis ! riposte Pam qui déteste son prénom, héritage d'une grand-tante.

— Voyons, réfléchis, Pam, reprend Pierre en se radoucissant. Où te cacherais-tu, si tu te sauvais de chez toi ?

— Dans une grange.

— Dans les bois, au milieu d'un fourré, ajoute Georges.

— Ouah ! Ouah ! continue Moustique en agitant la queue.

— Toi, tu choisirais une niche, hein ? plaisante Pierre. Merci, Moustique, c'est une excellente idée.

Tous se mettent à rire. Moustique, très satisfait de lui-même, se rengorge.

— À mon avis, le mieux serait d'explorer les environs de Blainville, affirme-t-il. Puisque Élisabeth a été vue dans le village, il est probable qu'elle se cache non loin de là. Je suppose que les gendarmes ont déjà battu les alentours, mais ils n'ont peut-être pas regardé partout. On est mieux renseignés qu'eux parce qu'on imagine où on irait si on était obligés de se cacher. Les grandes personnes ne savent pas toujours se mettre à notre place.

— C'est vrai, approuve Georges. Et la grand-mère, Pierre ? Si l'un de nous allait la voir ? Qu'est-ce que tu en penses ? Elle pourrait nous donner des renseignements.

— Oui, je crois que c'est une bonne idée, reconnaît Pierre après réflexion.

— Moi, en tout cas, je n'irai pas ! annonce Pam. Je ne saurais pas quoi dire. Je resterais là, les bras ballants et l'air niais.

— Ça ne m'étonne pas de toi, espèce de Paméla ! rétorque Colin.

Pam tourne vers lui des yeux étincelants de rage.

— Je voudrais bien savoir ce que tu... commence-t-elle.

Pierre met fin à la discussion.

— Taisez-vous, Pam et Colin. J'irai avec Jacques. Ce n'est pas tout... D'autres démarches encore pourraient donner des résultats.

— Lesquelles ? questionnent les autres.

— Il paraît qu'Élisabeth aime beaucoup les chevaux. Le champ de courses a pu l'attirer, et aussi les fermes et clubs d'équitation du coin ; on pourrait y aller pour demander si une fille n'a pas rôdé par là.

— C'est une excellente idée, note Jeannette avec enthousiasme. Décidément, Pierre, le travail ne nous manque pas.

— Maintenant, attribue-nous à chacun un secteur, demande Colin. Il est inutile d'aller tous au même endroit. D'abord on risquerait de faire du bruit et Élisabeth se garderait bien de sortir de sa cachette ; et puis, en nous séparant, on mènera notre enquête beaucoup plus rapidement. Qu'est-ce qu'il faut examiner en particulier, Pierre ?

— Réfléchissez et faites appel à votre bon sens. Tout ce qui peut servir d'abri à quelqu'un : une cabane déserte, une vieille roulotte vide, une grotte, un fourré dans les bois, les granges, les hangars, même les poulaillers.

— Ouah ! ouah ! ouah ! interrompt Moustique.

— Les niches ? Oui, tu l'as déjà dit, mon vieux Moustique, s'amuse Pierre. On te fait confiance pour les visiter. Les Sept, vous avez deux heures avant le déjeuner. Vous êtes libres de décider entre vous votre itinéraire. Jacques et moi, on file chez la grand-mère. Venez au rapport à deux heures et demie, pas une minute plus tard. Dépêchez-vous de partir !

chapitre 4

Chez Mme Masson

Pierre et Jacques sortent ensemble de la remise.

— Tu as l'adresse de la grand-mère ? demande Jacques.

— Non. Mais je sais qu'elle s'appelle Masson, comme sa petite-fille. On n'a qu'à regarder dans l'annuaire.

— Bonne idée. Après, on prendra nos vélos.

Les deux garçons entrent dans la maison. Pierre s'empare de l'annuaire et parcourt les colonnes de noms commencent par M.

— Tu veux téléphoner à quelqu'un, mon grand ? questionne sa mère qui revient du marché. À qui ?

— Je cherche le numéro de la grand-mère d'Élisabeth Masson, la fillette qui a disparu, explique le chef du Clan. Mais il y a plusieurs Masson.

— Voyons, Pierre, tu ne peux pas lui téléphoner et lui poser des questions de but en blanc, ce serait très indélicat ! réagit sa mère, indignée.

— Ce n'était pas mon intention, maman, proteste Pierre. On voudrait aller chez elle, Jacques et moi, mais je ne connais pas son adresse.

— Moi si, annonce sa mère, à la grande surprise du jeune garçon. Elle dirige un service d'entraide, pour venir au secours des familles pauvres ; pas plus tard que la semaine dernière, elle m'a écrit pour me demander si je n'avais pas des vieux vêtements à lui envoyer.

— Des vieux vêtements ! Oh ! maman... ça c'est vraiment de la chance ! Donne-nous la permission de les lui apporter de ta part. Elle nous parlera peut-être de sa petite-fille. On suit le conseil de papa et on se met à la recherche d'Élisabeth. À la rescousse, le Clan des Sept ! Il l'a dit lui-même.

— Encore votre société secrète ! commente sa mère. Bon, je vais vous confier ce que j'ai préparé et vous le remettrez à Mme Masson en mon nom. Mais vous serez polis et vous aurez du tact : si elle ne paraît pas disposée à parler, vous ne l'accablerez pas de questions.

— Promis, maman. On montrera qu'on est bien élevés, assure Pierre. Où sont les vieux habits ?

— Dans ces deux cartons. Je pense que vous pourrez les attacher sur vos porte-bagages. Voici l'adresse : villa des Glycines, avenue du Bel-Air.

Les deux garçons saisissent les cartons et décampent gaiement.

— On peut dire qu'on a de la chance ! remarque Pierre en sautant sur sa bicyclette. C'est un magnifique prétexte pour se présenter chez la vieille dame.

Ils se mettent à pédaler avec tant d'énergie que Moustique a de la peine à les suivre. Ils arrivent bientôt à Blainville et se font indiquer l'avenue du Bel-Air.

C'est une allée paisible, ombragée par de grands arbres. Tout au bout s'élève la villa des Glycines, coquette maison avec un jardin égayé par des corbeilles de tulipes et de giroflées ; les fleurs mauves dont elle porte le nom fleurissent sa façade blanche.

— Nous y voici, constate Pierre en lisant le nom sur la grille. Prends ton paquet, Jacques.

Ils se saisissent des cartons, traversent le jardinet et appuient sur le bouton de sonnette de la porte d'entrée. Des pas résonnent ; une femme ouvre et leur jette un regard interrogateur.

Ce n'est pas la grand-mère, Pierre en est sûr. Elle paraît beaucoup trop jeune. Il enlève poliment sa casquette.

— On voudrait voir Mme Masson, déclare-t-il. On apporte des vieux vêtements pour le service d'entraide qu'elle dirige. De la part de ma mère, Mme Dufour.

— Entrez, dit la dame, qui les conduit ensuite dans un petit salon. Posez vos cartons. Je regrette beaucoup mais vous ne pourrez pas voir Mme Masson.... Elle est malade et alitée. Je suis sa cousine, Mlle Châtaignier, et je suis venue passer quelques jours auprès d'elle pour la soigner. Je lui ferai part de votre visite.

— Elle est sans doute très bouleversée par la disparition de sa petite-fille, suggère Pierre, saisissant la balle au bond. Maman a été désolée de l'apprendre. Elle m'a chargé de le lui dire.

— Oh ! oui ! elle est très inquiète, répond Mlle Châtaignier. Elle aime beaucoup Élisabeth et elle voudrait tant que la petite vienne ici. Elle ne croit pas du tout à ce vol. Moi non plus. Quelle absurdité !

— Vous connaissez Élisabeth ? interroge Pierre.

— Bien sûr, presque depuis sa naissance ! Et je n'ai jamais vu une enfant plus droite, plus honnête et plus sincère. Espiègle et turbulente, oui, je ne dis pas le contraire, mais un cœur d'or. Pauvre petite ! Quand je pense qu'elle n'ose pas se montrer ! C'est affreux !

— Elle n'est pas venue ici ? questionne Jacques. On l'a pourtant vue à Blainville, non ?

— Oui. De plus, je suis persuadée qu'elle est entrée dans la maison, ajoute Mlle Châtaignier en baissant la voix. Je n'en ai pas parlé à Mme Masson pour ne pas la tourmenter. Mais des provisions ont disparu de la cuisine : des tartelettes que je venais de faire, un morceau de viande froide, un paquet de biscuits ! Et aussi une couverture qui était sur un canapé.

L'information à elle seule vaut le déplacement. Pierre jette un regard à Jacques. Élisabeth n'est sûrement pas très loin !

— À votre avis, pourquoi ne vient-elle pas chez sa grand-mère au lieu de se cacher ? demande le chef du Clan. On n'a honte que quand on se sent coupable. Et vous êtes persuadée qu'Élisabeth n'a pas commis le vol dont on l'accuse.

— C'est vrai, j'en suis certaine. Mais le malheur, c'est que l'argent volé a été retrouvé dans un tiroir de sa commode, au pensionnat. C'est incompréhensible.

— Qui est là, Geneviève ? crie une voix à l'étage supérieur. M'apporte-t-on des nouvelles d'Élisabeth ?

— C'est Mme Masson, souffle Mlle Châtaignier. Partez vite.

Elle monte l'escalier en courant.

— Viens, dit Pierre à Jacques. On a déjà pas mal de renseignements. Demain, on cherchera à en obtenir d'autres. Je dénicherai encore des vieux vêtements dans nos armoires, on les apportera à Mlle Châtaignier et on lui demandera s'il y a du nouveau. Une seconde couverture aura peut-être disparu, ou d'autres provisions.... Viens, Moustique, on n'a pas perdu notre temps.

chapitre 5

Les aventures de Pam et de Babette

Pendant ce temps, que font les autres ? Pam et Babette ne sont pas restées inactives. Elles ont décidé d'aller explorer les bois et les champs à l'est de Blainville. Georges, Colin et Jeannette partiront d'un autre côté et iront le plus loin possible.

— Tu vois ce hangar, là-bas, dans le champ ? demande Babette en arrivant tout essoufflée en haut d'une colline. Allons l'examiner de près.

Elles appuient leurs bicyclettes contre un arbre et pénètrent dans le champ. Le hangar est en bon état et elles ne peuvent pas ouvrir la porte.

— Tiens ! Fermé à clé ! constate Pam. C'est drôle ! Je me demande pourquoi. En général, les hangars en plein champ sont ouverts. Comment jeter un regard à l'intérieur ?

— Il y a une petite fenêtre sur le côté, remarque Babette. Mais elle est trop haute. Regardons par le trou de la serrure.

Elles ne voient rien du tout, car, à l'intérieur, il fait noir comme dans un four. La fenêtre est la seule ressource. Pam va chercher sa bicyclette ; Babette la tiendra appuyée contre le mur pendant qu'elle montera sur la selle.

Non sans peine, elle est parvenue à se hisser quand un cri retentit. Effrayée, Pam perd l'équilibre et tombe.

— Eh ! là-bas, vous deux, qu'est-ce que vous faites ?

Les filles se retournent et aperçoivent un ouvrier agricole qui se dirige vers elles en menant un cheval par la bride. Incapable d'inventer une histoire vraisemblable, Pam se résigne à dire la vérité.

— On se demandait ce qu'il y avait là-dedans, balbutie-t-elle. On ne faisait rien de mal.

— C'est le hangar où je range mon matériel, rugit l'homme. Petites curieuses ! Si vous étiez des garçons, je vous donnerais une bonne raclée.

Elles se dépêchent de quitter le champ. Pam pousse son vélo sur le sol inégal. Quelle aventure désagréable !

— La prochaine fois, avant de regarder, on s'assurera que personne ne nous voit, décide Pam. Oh ! une roulotte au bord du chemin. Elle a l'air abandonnée. Ce serait une bonne cachette. Soyons prudentes. Je monterai la garde pendant que tu jetteras un coup d'œil. Dépêche-toi.

Pam reste debout près de la vieille roulotte sale et délabrée où, à en juger d'après les apparences, personne n'a habité depuis des années.

Babette monte les marches avec précaution et entrebâille la porte. Aussitôt, elle fait signe à Pam de la rejoindre.

— Pam ! Quelqu'un vit ici ! Il y a deux vieilles couvertures, une assiette en fer et un gobelet. Viens voir.

À son tour, Pam gravit les marches.

— Pouah ! fait-elle en se bouchant le nez. Que ça sent mauvais ! Descendons, Babette, pour rien au monde tu ne te cacherais là-dedans, ni toi ni aucune fille comme nous. Cette odeur me donne mal au cœur.

— À moi aussi. J'aimerais mieux dormir dans un fossé, déclare Babette. Partons vite, Pam, et cherchons ailleurs. Il faut absolument qu'on ait des nouvelles sensationnelles à annoncer aux autres cet après-midi.

Pam respire quelques bouffées d'air pur et oublie son mal de cœur ; elles se remettent en chemin, inspectant attentivement les lieux. Mais elles ne voient aucun abri où quelqu'un peut se dissimuler, à part une hutte dont elles ne s'approchent pas car elle est occupée par un cantonnier en train de manger du pain et du saucisson.

— Et les bois ? demande Pam. Les bois de Blainville sont connus pour l'épaisseur de leurs fourrés. Allons-y. On a encore une heure.

Elles posent leurs bicyclettes sur l'herbe et s'enfoncent sous les arbres.

— Faisons le moins de bruit possible, conseille Pam à voix basse. Va à droite, moi j'irai de l'autre côté. Siffle deux fois si tu vois quelque chose d'intéressant.

Elles marchent à pas de loup et se penchent pour regarder dans les buissons, mais leurs efforts ne sont pas récompensés. Pam ramasse par terre un paquet de chewing-gums vide et Babette un mouchoir sale aux initiales J.P. Un peu plus loin, elles se rejoignent et font la grimace devant leurs trouvailles. Comme elles se seraient réjouies si les lettres E.M. avaient été brodées sur le mouchoir !

Soudain Pam saisit le bras de Babette qui sursaute et lui souffle à l'oreille :

— Chut ! Quelqu'un vient... C'est une fille... Regarde !

Elles se glissent sous un épais noisetier et écartent les feuilles pour voir. Oui, c'est une fillette, en bleu marine, qui descend le sentier et s'avance de leur côté.

— Ne bougeons pas... Laissons-la passer, on la suivra, chuchote Pam. Je parie que c'est Élisabeth !

La nouvelle venue porte un béret enfoncé sur les yeux. Elle s'avance hardiment vers le noisetier et bondit au milieu des branches, au risque d'écraser Pam et Babette. Puis elle éclate de rire.

— Oh ! c'est Suzie ! l'horrible sœur de Jacques ! crie Babette en colère. File, Suzie !... Tu aurais pu nous faire mal. Pourquoi te jeter si brusquement sur nous ?

— Vous m'attendiez pour me sauter dessus, pas vrai ? rétorque Suzie. J'ai vu que vous vous cachiez sous les branches.

— On ne t'attendait pas, on ne pensait même pas à toi, réplique Pam.

— Alors, qu'est-ce que vous faisiez là ? Dites-le !

chapitre 6

Le club Laurent

Pam et Babette foudroient Suzie du regard. Quelle peste ! Elle se mêle toujours de ce qui ne la regarde pas. Pam se frotte l'épaule.

— Je suis sûre que j'ai un bleu, déclare-t-elle. On ne te dira rien.

— Il s'agit sans doute du Clan des Sept ? reprend Suzie. Racontez-moi ça. Vous avez de nouveau une affaire en cours, pas vrai ? Jacques avait des airs mystérieux et la bouche cousue ce matin. De quoi il s'agit ? Je suis sûre que je pourrais vous aider.

— On ne veut pas de toi ! riposte Pam, au comble de l'indignation. On garde nos secrets pour nous.

— Oh ! Je trouverai bien un moyen de faire parler Jacques, assure Suzie en s'éloignant. Salut... et ne vous mettez plus en embuscade pour me sauter dessus.

— Maintenant, elle sait qu'on a un mystère à éclaircir, dit Babette en s'époussetant. Et elle est si rusée que je parie qu'elle découvrira ce que c'est. J'espère qu'on ne la rencontrera pas de nouveau pendant nos recherches.

— Le temps passe, enchaîne Pam en consultant sa montre. Il faudra bientôt retourner à la maison.

Elles s'enfoncent un peu plus dans le bois et trouvent un arbre creux qui, décident-elles, ferait une cachette parfaite.

— Si, un jour, on veut être tranquilles sans que personne sache où on est, on y pensera, conclut Babette. Rentrons. On n'a rien à annoncer... si ce n'est notre rencontre avec Suzie. Mais on a fait tout ce qu'on a pu. Je me demande si Colin a réussi. Il devait faire le tour des fermes et regarder dans les granges.

— Et Georges et Jeannette se sont attribué les clubs d'équitation, ajoute Pam. Je voudrais bien être à leur place, j'aime tant les chevaux ! C'était la mission la plus agréable.

Georges et Jeannette sont tout à fait de cet avis. Ils se sont renseignés sur les écuries et sur les centres équestres de la région.

— Il y en a trois, dit Jeannette : l'écurie de la Boissière, celle du Grand Chêne et le club Laurent. Il faut tous les visiter !

Ils partent à bicyclette, très fiers comme d'habitude de mener une enquête pour le Clan des Sept. Ils se dirigent d'abord vers l'écurie du Grand Chêne. Jeannette connaît le propriétaire qui est un ami de son père.

Il bouchonne un bai brun. Voyant entrer les deux enfants, il leur sourit.

— Vous venez voir mes chevaux ? Tenez, j'ai un joli poulain à vous montrer. Il s'appelle Sucre d'Orge. N'est-ce pas qu'il est beau ?

Georges et Jeannette admirent le petit poulain et le caressent.

— J'aimerais bien travailler dans une écurie, avoue Jeannette. Est-ce que vous prendriez des écolières à votre service ?... Peut-être pendant les vacances ?

Le propriétaire du Grand Chêne se met à rire.

— Non. Ma femme et mes deux filles m'aident, et à nous quatre nous suffisons à la besogne. Je n'ai besoin de personne. Est-ce pour vous que vous parlez ?

— Non, répond Jeannette en flattant l'encolure du poulain. Je me demandais simplement si vous accepteriez des filles de mon âge. Beaucoup de mes amies seraient contentes de travailler chez vous.

— Viens, Jeannette, n'ennuyons pas monsieur plus longtemps, intervient Georges, voyant qu'ils n'obtiennent aucune information utile.

Évidemment, la fugitive n'a pas trouvé une place au Grand Chêne, même si elle l'a demandée.

— Merci de nous avoir montré le poulain, conclut Jeannette. J'en parlerai à papa... ça l'intéressera beaucoup.

Ils partent et Georges regarde sa liste.

— Allons au club Laurent, décide-t-il. Élisabeth aurait pu s'y présenter. C'est assez près de la maison de sa grand-mère.

— Je crois que c'est justement ce qui l'en aurait empêchée, proteste Jeannette. Elle craindrait d'être reconnue. Il est plus vraisemblable qu'elle soit allée à la Boissière, qui est de l'autre côté du village. Enfin, commençons quand même par le club Laurent.

Ils montent jusqu'au centre équestre qui se trouve au sommet d'une colline et domine des champs bariolés de tous les tons de vert.

Le club est assez important et une grande animation y règne. On y monte des chevaux de selle. Au milieu des allées et venues, les deux enfants passent inaperçus.

— Furetons un peu partout, propose Jeannette. Si on voit une fille en train de travailler, on s'approchera pour bien la regarder.

— Si Élisabeth avait été embauchée ici, elle serait peut-être obligée de porter une tenue spéciale, non ? interroge Georges. On sait qu'elle n'a pas d'autres vêtements que ceux qu'elle avait sur elle quand elle est partie.

— Elle a pu en emprunter au club, reconnaît Jeannette. Mais c'est peu probable, je crois. Regarde cette fille, là-bas, qui passe le balai.

Ils observent la silhouette. Elle leur tourne le dos et travaille avec rapidité. Soudain, elle pivote sur ses talons pour prendre un râteau et leur fait face. Ce n'est sûrement pas Élisabeth.

— Elle a au moins dix-huit ans, constate Jeannette, déçue. Regarde... Il y a deux garçons là-bas. Allons leur parler ; on apprendra peut-être quelque chose, qui sait ?

C7

chapitre 7

Robert donne des renseignements

Georges et Jeannette se faufilent entre les chevaux et leurs cavaliers et se dirigent vers les deux jeunes palefreniers. L'un d'eux porte sur son dos une grosse botte de paille. L'autre aide une fillette à descendre d'un poney. Ils ne font pas attention aux nouveaux venus.

— Bonjour, Jeannette ! jette une voix surprise.

Jeannette se retourne et reconnaît Françoise, une de ses camarades d'école, un peu plus jeune qu'elle.

— Bonjour, Françoise, répond Jeannette enchantée.

Georges partage sa joie : cette rencontre tombe à pic et justifiera leur présence. Tout le monde croira qu'ils sont venus retrouver une amie.

— Merci, Robert, dit Françoise au garçon qui l'a aidée à descendre.

Il conduit le poney dans une stalle voisine. Françoise le suit, accompagnée de Jeannette et de Georges.

— J'aime mieux l'autre palefrenier, confie Françoise. Celui-ci ne dit pas un mot. Venez, je vais donner du sucre à mon poney. Il est si gentil.

Ils entrent dans l'écurie avec elle, derrière Robert. Le deuxième palefrenier apporte sa paille et l'étale dans une stalle. Il siffle tout en travaillant et une lueur joyeuse brille dans ses yeux.

— Parle à Robert, moi j'interrogerai celui-ci, glisse Georges à Jeannette. Françoise pourra peut-être te renseigner aussi. Demande-lui si une nouvelle employée a été engagée récemment ou si elle a vu une fille aux abords du club.

— D'accord.

Jeannette se dirige vers Robert et Françoise.

— Ce doit être très agréable de s'occuper de chevaux, lance-t-elle au garçon qui attache le poney au mur.

Il hoche la tête.

— Ce n'est pas ennuyeux, convient-il.

— C'est drôle, ce sont surtout les filles qui prennent des leçons d'équitation, continue Jeannette. Je n'ai pas vu un seul garçon ici, à part ton copain et toi. Il y en a d'autres ?

— Non, réplique le palefrenier. Juste nous deux.

Il se met à nettoyer la stalle voisine et tourne carrément le dos aux deux amies. Jeannette le trouve très impoli ; Françoise est du même avis.

— Il n'est pas du tout aimable, chuchote-t-elle à Jeannette. L'autre, Henri, est beaucoup plus bavard. Il parle à Georges comme s'il le connaissait depuis des années.

C'est vrai. Les deux jeunes garçons s'entendent très bien, semble-t-il.

— Il y a des filles qui travaillent ici ? questionne Georges dès que l'occasion se présente.

Henri secoue la tête.

— Une seulement, là-bas. Une autre est venue l'autre jour demander un travail, mais le patron a refusé. Elle n'était pas plus âgée que toi ! Et pourtant elle prétendait qu'elle pourrait s'occuper de ce grand alezan.

Georges dresse l'oreille. Peu lui importe le cheval, il veut des renseignements précis sur la candidate éconduite. Était-ce Élisabeth ?

— Vous pourriez la décrire ? demande-t-il.

Henri fait appel à l'autre garçon.

— Eh ! Robert ! Comment elle était, cette fille qui est venue l'autre jour demander un travail ? Tu te rappelles ?

— Est-ce qu'elle avait les yeux marron ? interroge Georges. Et d'épais cheveux bruns et bouclés ? Vous avez remarqué si elle avait une cicatrice sur un bras ?

Le palefrenier se retourne et regarde Georges avec ébahissement.

— Pourquoi ? dit-il. C'est une de tes amies ?

— Pas exactement, réplique Georges. C'est une écolière qu'on recherche. Dis-moi si ce signalement correspond à celui de la fille qui est venue.

— Je ne l'ai pas vue, répond Robert, à la grande déception de Jeannette et de Georges. Je n'étais pas là le jour où elle s'est présentée.

— Oh ! c'est vrai, se rappelle Henri. En tout cas, je sais qu'elle n'avait pas les cheveux bruns ; elle était rousse, vive et délurée. Furieuse aussi quand le patron a refusé ; ce n'est sûrement pas la petite que vous cherchez.

— L'autre jour, à Montigny, j'ai rencontré une fille comme celle que vous décrivez, déclare brusquement Robert. Des tas de cheveux bouclés et une cicatrice sur un bras.

— Vraiment ? Vous l'avez rencontrée ? s'écrie Jeannette en s'approchant. Comment as-tu vu sa cicatrice ?

— Elle était assise dans une pâtisserie et il faisait très chaud ; elle a enlevé sa veste et j'ai vu la marque sur sa peau, explique Robert.

— Son chemisier n'était pas à manches longues ? questionne Jeannette, surprise.

— Peut-être. Dans ce cas, elle les avait relevées.

Et il se remet à son travail.

— Robert... c'est vraiment très important, insiste Georges. Vous pouvez me donner d'autres détails ? Elle vous a parlé ?

— Elle a dit qu'elle partait le soir même en train pour Paris et que, de là, elle prendrait l'avion pour l'Angleterre afin de rejoindre son frère, reprend Robert.

Jeannette et Georges sont aux anges. Il s'agit sûrement d'Élisabeth. Une cicatrice sur le bras, un frère en Angleterre ! Ce ne peut être qu'elle !

— Robert, j'ai besoin de toi ! crie une voix.

Et M. Laurent entre dans l'écurie.

— Viens montrer à cette jeune fille comment on selle un cheval, dit-il.

Robert s'éloigne ; Jeannette et Georges échangent un regard ravi.

— En voilà des nouvelles sensationnelles à apporter aux autres ! conclut Jeannette. Viens, Georges. On n'a plus rien à faire ici.

chapitre 8

Une fâcheuse interruption

Les membres du Clan arrivent en avance à la réunion.

Cinq fois, le mot de passe est murmuré et, cinq fois, Jeannette et Pierre ouvrent la porte de la cabane. Moustique accueille chaque nouveau venu avec des aboiements frénétiques. Quand tout le monde est là, Pierre donne un tour de clé et la séance commence.

— J'espère que chacun de vous rapporte des renseignements intéressants, dit le chef du Clan. C'est le cas pour Jacques et moi. On est allés chez la grand-mère Élisabeth ; la vieille dame est malade, on ne l'a pas vue, mais on a été reçus par sa cousine qui est très gentille. Comme on apportait de vieux vêtements pour le service d'entraide que dirige Mme Masson, il nous a été facile de poser des questions ; Mlle Châtaignier a répondu très volontiers.

— Ça, c'est de la chance ! s'exclame Georges.

— Oui, approuve Pierre. On a appris pas mal de détails. Par exemple, Élisabeth se cache probablement quelque part dans la région, pas loin de Blainville. Je le suppose, parce qu'elle est entrée chez sa grand-mère la nuit : elle a pris des provisions et une vieille couverture.

Georges et Jeannette manifestent une vive surprise.

— Mais... Pierre !... s'écrient-ils ensemble.

D'un froncement de sourcils, Pierre leur impose silence.

— Ne m'interrompez pas. Vous parlerez dans une minute. Comme je le disais, la cousine de la vieille dame, Mlle Châtaignier, nous a beaucoup parlé d'Élisabeth ; elle a dit que c'était une fille très loyale et très franche.

— Impossible ! Une voleuse n'est pas franche, proteste Pam. Les membres de sa famille, bien sûr, ne veulent pas dire du mal d'elle.

— Tais-toi ! exige Pierre, exaspéré. Ce qui est intéressant, c'est que, sans aucun doute, Élisabeth se cache près de la villa des Glycines et vient s'y ravitailler. Elle le fera la nuit, aussi souvent qu'elle aura besoin de nourriture. Je propose qu'on monte la garde pour la surprendre. Bientôt, on portera d'autres vêtements chez la grand-mère, Jacques et moi ; si Élisabeth est retournée dans la maison, on veillera une nuit.

— Oui, bonne idée, acquiescent Pam, Babette et Colin.

Georges et Jeannette gardent le silence, mais ils échangent un regard significatif.

— Voilà notre rapport, à Jacques et à moi, conclut Pierre. Et toi, Colin, qu'est-ce que tu as à dire ?

— Rien du tout, répond ce dernier d'un ton d'excuse. J'ai inspecté environ six hangars, des tas de granges, et je suis même allé jusqu'à un camp de gitans, très loin de Blainville ; mais je n'ai rien trouvé. Absolument rien. Je suis désolé, Pierre.

— Ce n'est pas ta faute. Et vous, Pam et Babette, quel est votre rapport ?

— Négatif aussi, avoue Babette. On a voulu regarder par la fenêtre d'un hangar fermé à clé et un homme qui conduisait un cheval nous a chassées très méchamment. On a trouvé une vieille roulotte qui sentait très mauvais ; à l'intérieur, il y avait une couverture et une assiette en fer avec un gobelet, mais personne en vue. Puis on a exploré le bois.

— Et cette odieuse sœur de Jacques était là aussi ! ajoute Pam. Elle portait un manteau bleu marine et un béret. On a cru que c'était Élisabeth ; on s'est cachées dans un buisson et Suzie nous a sauté dessus... J'en garde un bleu sur le bras.

— Tout s'explique ! C'est pour ça que, pendant le déjeuner, Suzie m'a harcelé pour savoir ce que faisait le Clan des Sept ! comprend Jacques. Vous êtes deux idiotes de lui avoir laissé deviner qu'on était en train d'enquêter sur un mystère. Maintenant, je n'aurai plus un moment de tranquillité. Suzie découvrira ce qu'on cherche... elle est si rusée !

— Ça c'est vrai, admet Pierre qui ne peut s'empêcher d'admirer la perspicacité de Suzie. Je ne serais pas surpris qu'elle rôde autour de la cabane en ce moment-même pour essayer d'entendre ce qu'on dit.

— Moustique aboierait, fait remarquer Jeannette.

Au même instant, Moustique jappe de toutes ses forces et un visage paraît à la fenêtre : Suzie.

— Bonjour, les Sept ! lance-t-elle. J'étais sûre que tu étais ici, Jacques. Je connais votre secret. J'ai trouvé l'article du journal. Ah ! ah !

Pierre regarde Jacques avec fureur.

— Tu as laissé traîner l'article ? questionne-t-il.

— C'est ça, attrape-le ! crie Suzie, le nez collé contre la vitre. Ce que vous avez l'air bêtes tous les sept ! Vous voulez des nouvelles d'Élisabeth Marie Louise Masson ?

Jacques se lève d'un bond, ouvre la porte et s'élance à la poursuite de sa sœur, Moustique sur ses talons. Les autres sortent de la cabane et, immobiles dans l'allée, les suivent des yeux.

Suzie a de bonnes jambes. Jacques n'est pas au milieu du jardin qu'elle a déjà franchi la grille. Il comprend qu'elle est hors d'atteinte et, rouge de honte, il retourne auprès de ses amis.

— Vous croyez qu'elle a entendu ce qu'on disait ? interroge-t-il.

Pierre secoue la tête.

— Non. Moustique aurait aboyé avant. Suzie venait seulement d'arriver. C'est quand même très désagréable. Suzie sait ce qu'on cherche et elle nous fera concurrence... Si elle trouve Élisabeth avant nous...

— Pas de danger ! interrompt Georges, impatient de raconter ce qu'il a appris de Robert, le palefrenier. Écoute ce qu'on a à dire, Jeannette et moi.

chapitre 9

Rapports et plans

— Faites votre rapport, Georges et Jeannette, ordonne Pierre. J'ai l'impression qu'il sera intéressant.

— Oh ! oui ! acquiesce fièrement Jeannette. Parle, Georges.

— Eh bien, commence celui-ci, on est allés à l'écurie du Grand Chêne, Jeannette et moi, mais le propriétaire nous a dit qu'il n'employait personne, à part les membres de sa famille ; Élisabeth n'était donc pas là. On est partis tout de suite pour le club Laurent.

— On a aperçu une fille, mais elle était beaucoup plus âgée qu'Élisabeth, intervient Jeannette.

— Puis on a vu deux palefreniers, un grand aux épaules carrées appelé Henri et un autre plus petit, Robert. Celui-là n'était pas très bavard, mais Henri parlait pour deux. Un chic garçon. On lui a demandé si, récemment, une fille s'était présentée à son patron pour avoir un travail ; il a dit que oui ; mais elle était rousse et non pas brune. Alors on a donné à Henri le signalement d'Élisabeth, et Robert, qui écoutait, a dit brusquement qu'il croyait l'avoir rencontrée.

— Il avait même remarqué la cicatrice sur son bras ! l'interrompt Jeannette, incapable de se taire plus longtemps.

— Quoi ? hurlent les autres.

— Ça, c'est une nouvelle ! reconnaît Pierre, ravi. Continue, Georges. Où est-ce qu'il a vu Élisabeth ? C'est sûrement elle, puisque tout concorde dans le signalement.

— Il a dit qu'il l'avait rencontrée dans une pâtisserie de Montigny... Ce n'est pas très loin d'ici, je crois. Elle était en train de goûter. Il faisait chaud, et elle avait enlevé sa veste et remonté les manches de son chemisier ; c'est comme ça qu'il a remarqué la cicatrice sur son bras. Elle lui a parlé.

— Qu'est-ce qu'elle a dit ? presse Pierre, les yeux brillants.

— Qu'elle partait pour Paris et qu'elle y prendrait l'avion pour l'Angleterre afin de rejoindre son frère, explique Jeannette. C'est donc bien Élisabeth, non ?

— Oui, c'est certain, confirme Pierre.

Les autres hochent la tête. Un frère en Angleterre, une cicatrice sur le bras, ce ne peut être que l'écolière disparue.

— Vous voyez maintenant pourquoi on ne pensait pas, Jeannette et moi, qu'Élisabeth se cache quelque part dans la région, reprend Georges. Elle est à Paris, peut-être même déjà dans un avion à destination de l'Angleterre.

— Alors, répondez à la question que je vais poser, dit Pierre, perplexe. Si Élisabeth est en route pour l'Angleterre, qui a volé les provisions et la couverture dans la maison de sa grand-mère ?

Il y a un long et profond silence. Tous, même Moustique, ont les yeux fixés sur le chef du Clan.

— Je n'avais pas pensé à ça, murmure Jeannette. Mais on ignorait ces détails, Georges et moi... Si ton rapport est vrai, Pierre, le nôtre est faux, à moins que ce ne soit le contraire. Si Élisabeth rôde la nuit, autour de la maison de sa grand-mère, elle n'a pas pris l'avion pour l'Angleterre.

— Elle a peut-être constaté qu'elle n'avait pas de quoi payer sa place, avance Jacques. Elle a dû changer d'idée et elle est allée à Blainville après tout. Qui sait si ce n'est pas dans l'espoir de trouver de l'argent chez sa grand-mère ? Ça prouverait qu'elle a l'habitude du vol.

— C'est vrai, acquiesce Pierre. Oui, je crois que tu as raison, Jacques. Il se peut qu'elle ait eu le projet de partir, puis elle a constaté que son porte-monnaie n'était pas assez garni et elle est revenue aux alentours de Blainville. On sait qu'on l'a vue quelque part par là.

Il y a un autre silence. Les Sept essaient de se faire une opinion.

— Cette fille qui a demandé un travail à M. Laurent, tu te rappelles ? lance Jeannette à Georges. D'après Henri, elle était rousse, mais ce pouvait quand même être Élisabeth. Les cheveux, ça se teint. Élisabeth a pu employer ce moyen-là pour ne pas être reconnue.

Aucun des Sept n'en sait long sur l'art de la teinture, mais Pierre décide d'interroger lui-même les deux palefreniers. En fouillant dans leur mémoire, Henri et Robert retrouveront peut-être des détails importants.

— J'irai voir ces garçons, déclare-t-il. Comment sont-ils ?

— Henri est grand et vigoureux et l'autre plus petit, décrit Georges. Je te l'ai déjà dit. Tous les deux ont des cheveux noirs en bataille. Ils devraient échanger leurs culottes de cheval ; celle d'Henri est trop courte et celle de Robert trop longue. C'est une chance que Robert ait vu Élisabeth à Montigny ! Maintenant, on sait qu'elle est dans les parages, et qu'elle porte toujours ses vêtements d'école.

— Il faut bien qu'elle soit dans les parages ; sans ça, elle ne dévaliserait pas la cuisine de sa grand-mère la nuit, confirme Pierre. Que faire, maintenant ? Demain vendredi, on aura une journée très chargée en classe et beaucoup de devoirs. Il faudra donc attendre samedi, après l'école.

— On apportera d'autres vêtements à Mme Masson, ajoute Jacques, et on apprendra les dernières nouvelles.

— Après, on ira voir les palefreniers, enchaîne le chef du Clan. Les autres peuvent venir aussi, ça nous permettra de poser de nombreuses questions. Rendez-vous samedi ici, après la classe. J'espère qu'on est sur la bonne piste ! Mais une chose est sûre, on n'est pas encore au bout de nos peines…

chapitre 10

Mlle Châtaignier a d'autres nouvelles

La journée du vendredi passe lentement. En revenant de l'école, Pierre a une idée.

— Jeannette, on doit porter demain d'autres vêtements chez Mme Masson, Georges et moi, tu te rappelles ? C'est un prétexte pour avoir de nouveaux détails sur Élisabeth. Il va falloir préparer nos paquets dès ce soir.

— Oui, mais on ne peut pas prendre des habits usagés sans la permission de maman. Et elle nous demandera des explications ; elle devinera que c'est un prétexte pour retourner chez Mme Masson et elle nous l'interdira peut-être.

— C'est aussi ce que je pense, approuve Pierre. Ne lui disons rien et débrouillons-nous tout seuls.

— Cherchons dans ce qui nous appartient. On a bien le droit de se débarrasser des livres qu'on a lus et de nos vieux jouets ; ils feront plaisir à des enfants dans le besoin.

Ils fouillent dans leurs armoires et découvrent des quantités d'objets qu'ils ont oubliés et dont ils ne se servent jamais.

— Deux jeux de cartes, commente Pierre. Un damier, on en a un autre. Et cette balle toute neuve, si on la donnait ?

— Oui, bien sûr, acquiesce Jeannette. Moi, je me séparerai de cette poupée. Tiens ! Mes sandales de l'été dernier. Mes pieds ont grandi, depuis ; emportons-les.

Ils remplissent une grande boîte et attendent le lendemain avec impatience.

Les heures de classe du samedi matin leur paraissent interminables. Dès que la cloche sonne, les enfants courent chez eux et se dépêchent de déjeuner. Quelques minutes avant deux heures, tous les Sept sont réunis dans la cabane.

— Parfait, dit Pierre satisfait. On part à bicyclette pour la villa des Glycines, Jacques et moi ; j'espère qu'on en rapportera des nouvelles. Vous autres, filez au club Laurent et attendez-nous là-bas. Bavardez avec les palefreniers. On vous rejoindra plus tard.

Ils quittent tous la cabane. Pierre a attaché à son vélo le grand carton plein de livres et de jouets. Les deux garçons se séparent du groupe au début de l'avenue du Bel-Air ; Jacques et Pierre descendent l'allée, tandis que les autres montent la colline où se trouve le centre équestre.

Pierre et Jacques laissent leurs bicyclettes devant la grille de la villa des Glycines et sonnent à la porte d'entrée. Ils espèrent que Mlle Châtaignier leur ouvrira et non Mme Masson. La grand-mère se montrera peut-être moins disposée à parler d'Élisabeth.

C'est bien Mlle Châtaignier qui paraît. Elle les accueille avec un sourire.

— Vous nous apportez d'autres objets ? demande-t-elle. Que vous êtes gentils ! Mme Masson a été si contente, l'autre jour. Je vais lui donner cette boîte, elle est encore au lit.

— Oh ! je suis désolé pour elle, répond Pierre. Elle a des nouvelles de sa petite-fille ?

— Aucune. La police ne l'a pas retrouvée. Personne ne sait où elle se cache, et pourtant elle est revenue ici la nuit dernière et la nuit d'avant.

Les deux jeunes détectives sont bien payés de leurs peines.

— Vraiment ? s'écrie Pierre d'une voix tremblante d'émotion. Vous l'avez vue ? Elle a laissé un mot ?

— Non, elle est entrée et partie sans faire le moindre bruit, mais le frigo a été de nouveau dévalisé. Je me demande comment elle s'y prend. Toutes les ouvertures de la maison sont verrouillées. Elle a sans doute une clé de la porte de service. C'est la seule qui n'ait pas de verrou. Et comme il n'y a ni cave ni grenier...

— Que disent les gendarmes ? interroge Jacques.

— Rien ! rétorque Mlle Châtaignier avec indignation. Ils ne me croient pas et se contentent de hausser les épaules. Pourquoi ne surveillent-ils pas la maison la nuit ? On surprendrait la pauvre petite, et sa grand-mère serait si soulagée de savoir qu'elle est en sécurité.

— L'un d'eux guette sans doute dans le jardin, assure Pierre. Je suppose qu'Élisabeth a trouvé le moyen d'échapper aux regards. Elle sait probablement qu'un gendarme est là et l'endroit exact où il est posté.

— Pourquoi ne veillez-vous pas vous-même ? questionne Jacques.

— Je ne peux pas avoir l'œil sur toutes les portes et sur toutes les fenêtres à la fois. C'est d'ailleurs au-dessus de mes forces de passer une nuit entière sans dormir.

— Au revoir, mademoiselle, dit Pierre. J'espère qu'on retrouvera bientôt Élisabeth. Ce doit être affreux de se cacher, sans oser rentrer chez soi parce qu'on a honte de se montrer.

Ils sortent.

— Je sais ce que je vais faire cette nuit, déclare Pierre, dès qu'ils ont franchi la grille du jardin. Je monterai la garde, et si Élisabeth vient, elle ne m'échappera pas, je te le promets. Je ne la dénoncerai pas à la police. J'essaierai de la persuader de se confier à sa grand-mère. Ce soir, c'est impossible, papa et maman reçoivent des amis ; je ne pourrai pas m'esquiver. Demain, au contraire, ils sortent ; j'aurai la voie libre.

— Je viendrai aussi, décide Jacques. Mes parents passent la soirée en ville avec les tiens. Allons retrouver les autres au club équestre. Je parie qu'ils voudront nous accompagner !

chapitre 11

Robert... et quelques instants d'émotion

Dès qu'ils ont pénétré dans la cour du club, Pierre et Jacques aperçoivent leurs amis qui aident les deux jeunes palefreniers à transporter de grosses bottes de paille et de foin.

— Pierre ! Jacques ! crie Jeannette. Venez nous voir travailler. On s'amuse beaucoup. Tout à l'heure, on conduira les chevaux dans la prairie avec Henri et Robert.

— On viendra aussi, déclare Pierre.

Il s'approche des palefreniers. Henri lui adresse un sourire amical mais Robert se contente d'un signe de tête. Pierre le regarde attentivement. C'est donc lui, le garçon qui a vu Élisabeth.

— Il paraît que tu as rencontré Élisabeth Masson l'autre jour à Montigny, commence le chef du Clan. C'est très intéressant. La police ne l'a pas encore trouvée ; je suis sûr que sa grand-mère se tourmente et qu'elle est malade d'inquiétude.

— Et la gamine ? questionne Robert d'une voix bourrue. Tu crois que c'est facile pour elle ?

— Si elle a volé l'argent, elle mérite une punition, avance Pierre. Le plus étrange, c'est que Mlle Châtaignier, une cousine qui est en ce moment chez Mme Masson, prétend qu'Élisabeth est très honnête et très franche... Laisse-moi t'aider à astiquer cette selle.

— Merci, dit Robert. Elle m'intéresse, ton Élisabeth. Je l'ai rencontrée tout à fait par hasard. Je suppose qu'elle est en Angleterre à l'heure qu'il est. Elle voulait rejoindre son frère.

— Sûrement pas, réagit Pierre qui frotte énergiquement le cuir. Elle va toutes les nuits chez sa grand-mère pour y prendre des provisions, Mlle Châtaignier me l'a dit. Le mystère, c'est qu'Élisabeth puisse entrer dans la maison ; tout est fermé à double tour. Elle a probablement la clé de la porte de service qui est sans verrou.

Jacques prend la parole à son tour.

— On a prévu de surveiller la maison demain soir, explique-t-il. On est sûrs qu'on la verra si elle vient. On lui parlera et on lui conseillera d'aller auprès de sa grand-mère qui l'aime bien et ne la grondera pas. La pauvre ! On ne peut pas la laisser comme ça, seule et malheureuse. Ce n'est pas une vie.

— Vous avez vraiment l'intention de veiller demain ? demande Robert d'un ton de surprise.

Pierre hoche la tête et adresse à Jacques un sévère froncement de sourcils. Quelle stupidité de dévoiler les projets du Clan au palefrenier ! Jacques comprend sa bêtise et en est consterné.

— J'aimerais bien aller là-bas avec vous, affirme Robert, au grand étonnement des deux garçons. J'ai des yeux de chat et je vois très bien la nuit. Oui, je vous accompagnerai.

Pierre hésite. Robert n'a pas à se mêler des affaires du Clan. Mais comment le lui dire ? C'est simplement pour lui une aventure amusante et peut-être l'occasion de montrer qu'il est plus malin que les autres.

— Bon, accepte enfin le chef du Clan. On y sera à dix heures et demie ; pas les filles, simplement les quatre garçons. J'imiterai le cri du hibou quand on arrivera, et, si vous êtes là, vous répondrez de la même façon.

— J'y serai, assure le palefrenier. Je suppose qu'il y aura aussi un gendarme ou deux. Si la police me voit, vous expliquerez que je suis votre ami et pas un cambrioleur.

— D'accord, approuve Pierre qui regrette plus que jamais l'indiscrétion de Jacques. Si on conduisait les poneys dans la prairie ?

Chaque enfant prend un cheval par la bride et le petit cortège descend dans les champs illuminés par les rayons du soleil couchant.

Quand les chevaux ont été libérés dans leur pré, les Sept retournent au club avec les palefreniers. Robert paraît fatigué et parle peu. Henri plaisante, rit et, de temps en temps, assène une tape sur l'épaule de son compagnon. Dès qu'il le peut, Pierre chuchote à l'oreille de Robert :

— N'oublie pas le signal !

Robert fait un signe de tête et se détourne. Les enfants crient au revoir et enfourchent leurs bicyclettes.

Ils arrivent en bas de la colline quand, au loin, sur la route, ils aperçoivent une silhouette menue, la silhouette d'une fillette en bleu marine qui, une valise à la main, jette un regard derrière elle et, prise de panique, s'enfuit.

— Élisabeth ! hurle Colin. C'est Élisabeth ! Vite, suivons-la !

Ils pédalent de toutes leurs forces et ils atteignent le bord du champ quand un objet blanc attire leurs regards. Jeannette le ramasse.

— Un mouchoir ! dit-elle. Et dans le coin, un E brodé en vert. C'est bien Élisabeth. Elle se cache par là. Vite, rejoignons-la !

Ils font passer leurs vélos par-dessus la barrière du champ et cherchent du regard la silhouette en bleu marine.

— Là-bas, près de la vieille maison ! s'exclame Georges. Si on pouvait gagner son amitié et la persuader de revenir avec nous ! Faites tinter vos sonnettes, tous, qu'elle nous entende approcher !

C7

chapitre 12

Déception !

Les Sept roulent aussi vite qu'ils le peuvent à la poursuite de la silhouette en bleu marine qui s'éloigne rapidement ; ils actionnent leurs sonnettes pour attirer son attention. La fillette arrive au tournant de la route et disparaît. Quand ils ont pris le virage, elle n'est plus là. Les Sept mettent pied à terre et se regardent.

— Où est-elle passée ? Elle est invisible, constate Jeannette. Elle a dû se glisser dans une cachette. Mais je n'en vois aucune.

— Si... cette vieille maison en ruine, réagit Colin. Tu l'aperçois, au milieu de ce bouquet d'arbres ? Je parie qu'elle est là.

— Allons voir, dit Georges.

Ils laissent leurs bicyclettes près de la haie, passent par une brèche et courent vers la vieille maison. Il ne reste presque plus rien de son toit et elle n'a que deux pièces au rez-de-chaussée et une à l'étage supérieur.

— Il n'y a personne, observe Pam. Oh !... un vieil escalier de pierre. Elle est peut-être là-haut !

Georges monte en courant et pousse un cri.

— Elle n'y est pas, mais elle a laissé sa valise, marquée aux initiales E.M. C'est bien Élisabeth que nous avons vue !

Tous montent quatre à quatre l'escalier. Ils examinent la vieille valise posée sur le plancher poussiéreux. Les lettres E.M. s'y détachent en noir.

— Élisabeth Masson, dit Babette en caressant le cuir usé. Mais où est-elle ? Élisabeth ! Où es-tu ?

Son appel ne reçoit pas de réponse.

— C'est bizarre, murmure Jeannette. Il n'y a aucun endroit où elle ait pu se cacher. Pourquoi avoir jeté sa valise ici et s'être enfuie ? Elle savait bien qu'on la trouverait.

— C'est une drôle d'histoire ! Je vais ouvrir la valise, annonce Pierre. J'espère qu'elle n'est pas fermée à clé.

Elle ne l'est pas. Elle s'ouvre facilement et les Sept se penchent pour regarder à l'intérieur. Il n'y a qu'une boîte en carton attachée avec une ficelle.

— Peut-être les billets volés, avance Colin. Le mot « Argent » est écrit dessus en grosses lettres. Ouvre la boîte, Pierre.

Pierre défait la ficelle et soulève le couvercle. Il y trouve une autre boîte plus petite, puis une autre. Il est de plus en plus intrigué.

Pourquoi tant de boîtes pour enfermer quelques billets de banque ? La troisième contient une carte blanche ; il la retourne et, stupéfait, ne pouvant à peine en croire ses yeux, il déchiffre la ligne griffonnée au recto.

— Qu'est-ce qui est écrit ? Qu'est-ce qui est écrit ? presse Pam en s'efforçant de lire.

Pierre jette la carte sur le plancher et la piétine avec rage.

— Ce qui y est écrit ? *« Avec toutes les amitiés de Suzie »* ! Oh ! je voudrais lui tordre le cou ! Quelle comédie ridicule ! Le mouchoir près de la barrière, la valise et ces boîtes qu'on a pris la peine d'ouvrir !

Tous partagent la colère de Pierre. Jacques, surtout, est furieux.

— Quel culot de nous jouer ce sale tour ! Elle ne perd rien pour attendre ; vous verrez quand je rentrerai à la maison. Elle aura de mes nouvelles.

— Où est-elle passée ? questionne Babette. Je ne l'ai pas vue au tournant de la route. Elle avait sans doute caché sa bicyclette par là.

— Elle a tout bien manigancé, intervient Georges. Il faut avouer qu'elle est rudement maligne. Et moi qui croyais que, cette fois, on avait mis la main sur Élisabeth !

— Cette vieille valise, je la reconnais maintenant, enchaîne Jacques. Elle est dans notre grenier depuis un siècle. Ce que Suzie a dû rire en traçant ces initiales !

— Retournons chez nous, décide Jeannette. J'en ai assez de parler de cette peste !

Ils quittent la petite maison en ruine et s'éloignent. Pierre prend des dispositions pour retrouver Georges, Jacques et Colin le lendemain soir. Les filles regrettent de ne pas les accompagner.

— Dommage que vous ne vouliez jamais de nous quand il faut sortir la nuit, gémit Jeannette. Je voudrais tant venir aussi. Ce sera si palpitant de faire le guet dans le jardin ! Vous serez cinq en comptant Robert, non ? Celui-là, je me demande de quoi il se mêle.

— Il y aura peut-être aussi un gendarme ou deux, complète Georges. Je propose qu'on arrive les premiers. Quelle surprise pour eux d'entendre toute une troupe dans le jardin !

Les autres se mettent à rire.

— Pas un mot à Suzie, recommande Pierre à Jacques. Inutile qu'elle vienne bouleverser tous nos plans. Comment Élisabeth entre-t-elle dans la maison ? C'est un vrai mystère. Elle doit avoir une clé.

Ils décident de se retrouver à dix heures dix avec leurs bicyclettes pour aller ensemble à Blainville.

— On cachera nos vélos sous la haie et on entrera dans le jardin par-derrière, déclare Pierre. Rappelez-vous d'imiter le cri du hibou si vous apercevez quelque chose de suspect.

— C'est passionnant, commente Jacques. Pourvu que Suzie ne m'entende pas quand je me lèverai et que je descendrai l'escalier !

— Jacques, si tu commets une maladresse et si Suzie te suit, je te chasse du Clan des Sept, prévient Pierre.

Et tous comprennent que ce n'est pas une fausse menace.

chapitre 13

Le guet dans le jardin

À dix heures le dimanche soir, Pierre, Jacques, Georges et Colin s'esquivent à pas de loup de leur maison. Jacques meurt de peur d'être entendu par Suzie ; il écoute à sa porte et l'entend respirer régulièrement. Elle dort ! Il se rappelle la menace de Pierre : être exclu du Clan des Sept, quelle humiliation et quel chagrin ! Le sommeil profond de sa sœur le rassure.

Les garçons enfourchent leurs bicyclettes et gagnent rapidement Blainville. La route est déserte et, à leur grande joie, ils n'aperçoivent pas le moindre gendarme. Tous les quatre se dépêchent de mettre pied à terre et de cacher leurs bicyclettes sous une haie. Aucune lumière ne brille dans la maison.

— C'est moi seul qui donnerai le signal convenu, chuchote Pierre. Si on se mettait tous à ululer en même temps, on ferait un beau vacarme, comme si le jardin était rempli de hiboux ; les gendarmes sont soupçonneux, ne l'oublions pas.

— Bien, acquiesce Georges. Choisissons nos cachettes. Si deux d'entre nous se dissimulaient devant la maison et deux derrière ?

— Non. Deux derrière, un devant – toi, Colin – et un du côté de la porte de service, ordonne Pierre à voix basse. Mlle Châtaignier croit qu'Élisabeth s'introduit par là ; il n'y a pas de verrou intérieur.

— C'est vrai, approuve Jacques. Je vais me blottir dans la haie près de la grille, Pierre. Comme ça, on surveillera toutes les portes et toutes les fenêtres.

— On n'y voit pas à deux mètres, constate le chef du Clan en inspectant le ciel. Pas de lune et des nuages épais ; les étoiles sont invisibles. On ne pourra se fier qu'à nos oreilles.

— Nos yeux s'habitueront à l'obscurité, ajoute Colin. Écoutez !

Il serre le bras de Pierre qui sursaute.

Un léger bruit se fait entendre près d'eux. Une ombre se profile.

— C'est moi, Robert, dit une voix. Je vous attendais avec impatience. Qu'allez-vous faire ?

Ils lui expliquent leurs projets.

— Je crois que je vais grimper en haut d'un arbre, reprend tout bas le jeune palefrenier. Ce serait un très bon poste d'observation. Les gendarmes ne sont pas là ; je suis arrivé depuis un bon moment et je les aurais sûrement repérés.

— Ululez si vous entendez venir quelqu'un, conseille Pierre. Je vous répondrai. Les autres garderont le silence.

— Quel arbre choisir ? murmure Robert. Celui-là, près du mur, là-bas. Je verrai tout ce qui se passe... si les nuages se dissipent et si les étoiles brillent !

Les quatre membres du Clan prennent leur poste, la gorge serrée par l'émotion. Quelle aventure palpitante ! Un léger bruissement leur apprend que Robert grimpe en haut de son arbre. Puis, c'est le silence. Pierre s'est enfoncé dans un buisson qui lui fournit une excellente cachette.

Un cri rauque les fait tous sursauter. Leurs cœurs battent plus vite. Que se passe-t-il ? Une forme indécise volette au-dessus de leurs têtes et tous poussent un soupir de soulagement.

« Une effraie, pense Pierre. Ouf ! que j'ai eu peur. Son cri est différent de celui du hibou, sans ça, on aurait cru que quelqu'un venait ! »

Après un moment de calme, un ululement s'élève dans le silence :

— Hou hou hou !

« C'est Robert », songe Pierre.

Ses compagnons et lui sont aussitôt sur le qui-vive et leurs yeux s'efforcent de percer les ténèbres.

Soudain, quelqu'un effleure le buisson de Pierre ; et le jeune garçon effrayé se fait tout petit. Un homme tousse. Ce doit être un gendarme qui est arrivé à pas si feutrés que personne, sauf Robert, ne s'est aperçu de sa présence. Quand il suppose que le nouveau venu a trouvé une cachette, Pierre lance le signal convenu :

— Hou hou hou !

Maintenant, tout le monde sait qu'un représentant de la loi au moins est dans le jardin ! Le cœur de Pierre bat avec force. Tout est si étrange et si dramatique ! Tant de guetteurs dans les ombres noires de la nuit ! Pierre en vient presque à espérer qu'Élisabeth ne s'approchera pas de la maison de sa grand-mère cette nuit-là. Ce serait si effrayant pour elle de se voir tout à coup entourée d'inconnus !

Subitement, la surprise arrondit ses yeux. À moins qu'il ait la berlue, une lueur brille au premier étage, une clarté qui semble provenir d'une lampe de poche. Oui... on ne peut s'y tromper ! La lueur se déplace derrière les rideaux fermés.

Élisabeth est là, sans doute... Elle est entrée mystérieusement, malgré tous les yeux qui l'épient ! Ou bien est-ce Mlle Châtaignier qui va et vient avec une lampe de poche ? Non... elle aurait allumé l'électricité.

Pierre pousse un nouveau ululement :

— Hou hou hou !

Ainsi tout le monde sera sur le qui-vive. Si Élisabeth est entrée, elle sera bien obligée de sortir... et cette fois quelqu'un la verra.

La lueur disparaît, puis reparaît au rez-de-chaussée, dans la cuisine probablement. La fugitive, affamée, cherche de nouveau des provisions.

Comment est-elle entrée ? Mais, chose plus importante encore, par où sortira-t-elle ?

C7

chapitre 14

Un mystère incompréhensible

La clarté de la lampe électrique continue à se déplacer de pièce en pièce. Au bout d'un moment, elle s'éteint. Tous tendent l'oreille et écarquillent les yeux dans les ténèbres. Élisabeth va quitter la maison ; ils prennent déjà leur élan pour bondir. Par quelle porte ou quelle fenêtre sortira-t-elle ?

Rien ne se produit. Aucune porte ne s'ouvre. Aucune fenêtre ne grince. Pendant dix longues minutes, les guetteurs restent silencieux, les nerfs à fleur de peau. Puis un homme crie quelque part dans le jardin :

— Lefèvre ! Tu n'as vu personne ?

À la grande surprise de Pierre, une autre voix masculine répond :

— Non, absolument rien. La gosse doit être encore dans la maison. Réveillons Mlle Châtaignier et nous fouillerons de fond en comble.

Il y a donc deux gendarmes dans le jardin ! Le second n'a fait aucun bruit. Les garçons sont très embarrassés et ne savent quelle conduite tenir. S'éclairant de leur lampe électrique, les gendarmes s'avancent vers la porte d'entrée.

Pierre ulule de nouveau. Les autres, comprenant qu'il a besoin d'eux, quittent silencieusement leurs cachettes et le rejoignent. Robert glisse le long de l'arbre.

— Élisabeth est passée sous le nez des gendarmes... et sous le nôtre aussi, remarque Pierre. Comme eux, on n'a vu qu'une lumière dans la maison. Robert, vous avez quelque chose à signaler ?

— Rien du tout, répond ce dernier. Dites donc, mieux vaut que je m'esquive. La police ne me connaît pas et on pourrait se demander ce que je fais ici avec vous. Au revoir.

Il disparaît dans la nuit. À pas de loup, ayant soin de se tenir dans l'ombre, les quatre garçons s'approchent de la maison. Les gendarmes qui ont sonné une minute plus tôt attendent une réponse. Mlle Châtaignier entrebâille prudemment la porte. Vêtue d'une longue robe de chambre verte, la tête hérissée de bigoudis, elle ne paraît pas rassurée.

— Oh ! c'est vous ! s'écrie-t-elle. Entrez. Je m'étais endormie ; pourtant j'avais bien l'intention de rester éveillée toute la nuit. Voulez-vous que j'aille voir si quelque chose a disparu ?

— On sait que quelqu'un était dans la maison à l'instant même, mademoiselle, explique l'un des gendarmes. Une lampe électrique a brillé au premier étage, puis au rez-de-chaussée. L'un de nous voudrait entrer pour chercher ; l'autre restera dehors au cas où la fillette, si c'est elle, essaierait de s'enfuir. Nous ne l'avons pas vue sortir... ni entrer non plus d'ailleurs. Mais la lueur de la lampe électrique était très visible.

— Venez, acquiesce Mlle Châtaignier. Ne faites pas de bruit, s'il vous plaît, vous effraieriez Mme Masson. Accompagnez-moi dans la cuisine, je vais vous dire tout de suite si un vol a été commis.

Un des gendarmes suit Mlle Châtaignier, laissant son compagnon dans le jardin. Les quatre garçons guettent toujours, dissimulés dans l'ombre des arbres. Sûrement, Élisabeth est encore dans la maison. Elle n'a pas pu sortir sans être vue ou entendue. Toutes les issues sont surveillées. La lumière brille dans les pièces que Mlle Châtaignier et le gendarme visitent l'une après l'autre.

Au bout d'un long moment, des voix résonnent dans le vestibule. Mlle Châtaignier sort sur le perron avec le gendarme.

— Rien à signaler, rapporte l'homme à son collègue qui monte la garde. Il n'y a personne dans la maison. Mlle Châtaignier est même entrée dans la chambre de la vieille dame pour s'assurer que la petite fille ne s'y était pas cachée.

— Et personne n'est sorti, déclare l'autre stupéfait. A-t-on pris quelque chose ?

— Oui, des provisions, voilà tout, relate le premier gendarme. C'est incroyable, n'est-ce pas ? Comment quelqu'un a-t-il pu s'introduire dans la maison sans être aperçu, se ravitailler et filer ni vu ni connu ? Merci, mademoiselle. Excusez-nous de vous avoir dérangée pour rien. Dire qu'Élisabeth Masson – car c'est sûrement elle – peut entrer et sortir à la manière d'un fantôme ! Cela me dépasse. Je me demande aussi où elle se cache dans la journée. Nous avons passé au peigne fin tous les environs. Heureusement, son frère revient demain ; mais il ne réussira certainement pas où nous avons échoué.

Les gendarmes se retirent. La porte se referme. Le vestibule devient obscur. Une lumière s'allume dans une chambre au premier étage et s'éteint au bout de quelques minutes. Mlle Châtaignier s'est recouchée.

— Qu'est-ce que tu en dis, Pierre ? chuchote Jacques. C'est étrange ?

— Oui. Je n'arrive pas à comprendre, avoue Pierre. On était sept en tout : nous quatre, deux gendarmes et Robert en haut d'un arbre ; personne n'a vu Élisabeth entrer ou sortir ; on n'a même rien entendu.

— Pourtant elle a sûrement traversé le jardin, renchérit Jacques. Elle est entrée dans la maison, elle a allumé sa lampe électrique pour voir ce qu'elle pouvait prendre et elle est repartie comme elle était venue. On guettait tous attentivement. Je donne ma langue au chat.

— Allons nous coucher, propose Pierre. Je suis très fatigué. Cette longue attente, cette émotion et maintenant cette déception ! Pauvre Élisabeth ! La nuit, elle est obligée de voler de quoi manger, le jour elle se cache. Elle doit être très malheureuse.

— Son frère trouvera peut-être une solution, suggère Colin. Il sera ici demain. Venez, rentrons chez nous !

chapitre 15

Discussions et disputes

Les quatre garçons du Clan des Sept n'entendent pas sonner leur réveil le lendemain matin. Ils sont si fatigués de leur longue veille ! Impatiente d'être au courant des événements de la nuit, Jeannette s'irrite du long sommeil de son frère.

— Pas possible ! Je vais être terriblement en retard en classe, gémit Pierre en se levant d'un bond. Tu aurais pu me réveiller plus tôt, Jeannette.

— Je t'ai pressé une éponge d'eau froide sur la figure, je t'ai crié dans l'oreille, j'ai tiré les draps, rétorque sa sœur avec indignation. Et Moustique aboyait à tue-tête. Je ne pouvais rien faire de plus ! Qu'est-ce qui s'est passé la nuit dernière ?

— Rien, absolument rien, répond Pierre en s'habillant en vitesse. On n'a pas surpris Élisabeth ; elle est entrée dans la maison, elle a pris ce qu'elle voulait et elle est repartie. Sept personnes guettaient dans le jardin et personne ne l'a aperçue. Tu vois, je n'ai rien à te raconter... Oui, maman ! Je viens.

Il descend l'escalier quatre à quatre à l'appel de sa mère, déjeune debout, saute sur sa bicyclette et se met à pédaler avec énergie. En quittant Jeannette au coin de la rue, il lui crie :

— Réunion cet après-midi à cinq heures et demie. Avertis Pam et Babette !

La séance n'est pas très joyeuse. Déçus dans leurs espoirs de la veille, tous sont de mauvaise humeur. Pam exaspère les garçons en prétendant que, si elle avait été cachée dans le jardin, elle aurait certainement repéré Élisabeth.

— Vous vous êtes sans doute assoupis, avance-t-elle. Pensez un peu : vous étiez sept là-bas et vous n'avez rien entendu ! Je parie que vous dormiez.

— Tais-toi ! riposte Pierre, furieux. Tu ne sais pas ce que tu dis.

— Il y a une autre hypothèse, reprend Pam avec obstination. Si Élisabeth n'est ni entrée ni sortie, c'est qu'elle se cache dans la maison.

— Le gendarme a parcouru toutes les pièces, explique Pierre. J'ai eu moi-même cette idée mais je l'ai abandonnée quand j'ai vu qu'il cherchait partout sans résultat. Après tout, c'est une très petite villa : pas de cave, pas de grenier. On a quand même appris une nouvelle intéressante. Le frère d'Élisabeth revient aujourd'hui d'Angleterre. Il connaît sa sœur et devinera peut-être où elle est.

— Alors pourquoi tu ne vas pas le voir ? questionne Pam qui, ce jour-là, est d'humeur agressive. Tu lui raconterais ce que tu sais ; par exemple, que Robert le palefrenier a vu Élisabeth à Montigny.

— C'est la première remarque raisonnable que tu fais, Pam, relève Pierre puis se tournant vers Jacques : Tu veux venir avec moi, Jacques ? J'aimerais bien faire la connaissance du frère d'Élisabeth.

— Ouah ! ouah ! ouah ! fait brusquement Moustique.

— Qu'est-ce qui lui prend ? interroge Pierre qui décidément, ce jour-là, manque de patience. Pourquoi il aboie ? Si c'est Suzie, j'ai un compte à régler avec cette petite peste ; elle nous a joué un trop sale tour !

C'est Suzie, en effet. Pierre ouvre la porte et la trouve devant lui, un large sourire aux lèvres.

— Gousse d'ail ! s'écrie-t-elle. Laissez-moi entrer. J'ai des indices, des indices révélateurs. Je sais où est Élisabeth et ce qu'elle fait. Je...

— Non ! coupe Pierre, en colère. Jacques, attrape-la et traîne-la jusque chez toi. Pam, Babette, Jeannette, prêtez main-forte à Jacques. Dépêchez-vous.

Cette fois, l'effrontée Suzie n'a pas le temps de s'enfuir ; sans aucune douceur, elle est tirée jusqu'à la grille et jetée sur la route.

— C'est ça ! hurle-t-elle de toutes ses forces. Je ne vous dirai rien. Mais vous verrez que j'ai raison. Et je connais votre mot de passe... « Gousse d'ail ! »

Elle s'éloigne en courant pendant que les Sept rentrent dans la cabane, un peu soulagés par cette expulsion.

— Il faut qu'on change notre mot de passe, décide Pierre, indigné. Comment Suzie l'a-t-elle appris, Jacques ? Tu l'as répété tout haut en dormant, ou quoi ?

— Non, répond Jacques, vexé. Elle a dû se cacher près de la cabane et nous entendre... Tu crois qu'elle sait vraiment où est Élisabeth ?

— Je ne vois pas comment elle le saurait... Tu ne peux vraiment pas l'empêcher de nous harceler ? Si Jeannette se comportait comme ta sœur, je lui donnerais une bonne raclée.

— Essaie un peu, réagit Jeannette, outrée. Et tu verras !

— On n'est pas à prendre avec des pincettes aujourd'hui, remarque Babette. Les garçons n'ont pas assez dormi. Qu'est-ce qu'on décide ?

— Jacques et moi, on file chez Mme Masson, décrète Pierre en reprenant son calme. Si le frère d'Élisabeth est arrivé, on l'y trouvera puisqu'il sait que sa sœur se cache dans les environs. Viens, Jacques. J'en ai par-dessus la tête de cette réunion. Partons !

C7

chapitre 16

Un coup de théâtre

Quand Pierre et Jacques approchent de la villa des Glycines, ils entendent des voix dans le jardin. Ils appuient leurs bicyclettes contre un arbre et regardent par-dessus la haie.

Assises dans des fauteuils d'osier sur la petite pelouse, trois personnes discutent avec animation. Mlle Châtaignier est en compagnie d'une vieille dame, sûrement Mme Masson, et un jeune homme d'environ dix-huit ans, à l'air soucieux.

— C'est probablement le frère, analyse Pierre. Bon, il est arrivé. Viens, on va passer devant la grille ; si Mlle Châtaignier nous voit, elle nous appellera et on ira lui parler.

Mlle Châtaignier les aperçoit en effet et les reconnaît aussitôt.

— Oh ! dit-elle à la vieille dame assise près d'elle, voici les deux gentils garçons qui ont apporté des vêtements et des jouets pour notre service d'entraide. Venez, mes enfants. Mme Masson sera contente de vous remercier.

Pierre et Jacques s'avancent.

— Bonjour, madame, fait poliment Pierre. J'espère que vous avez des nouvelles de votre petite-fille ?

— Malheureusement non, répond la grand-mère, et une larme roule sur sa joue. Voici mon petit-fils, son frère Charles. Il arrive d'Angleterre et il espère nous aider, car Élisabeth l'aime beaucoup. Si elle sait qu'il est ici, elle quittera peut-être sa cachette.

— L'autre jour, on a fait la connaissance d'un garçon qui l'a vue à Montigny, annonce Pierre.

— Quoi ! s'écrie Charles. Quelqu'un l'a vue ! Mais qui ?

— Un des palefreniers de l'écurie Laurent, réplique Pierre en montrant du doigt la colline. Élisabeth lui a raconté qu'elle voulait vous rejoindre en Angleterre... C'est du moins ce qu'il nous a dit.

— Mais elle ignorait l'endroit exact où j'étais, objecte Charles. J'ai voyagé tout le temps. La police m'a retrouvé avec beaucoup de difficulté. Élisabeth n'aurait pas été assez stupide pour se mettre en route sans savoir quelle partie de l'Angleterre je visitais, j'en suis sûr.

— En tout cas, c'est ce qu'elle a expliqué à Robert, reprend Pierre. Comment est-ce qu'il aurait inventé ça ? Il ne savait même pas qui elle était.

— Je vais l'interroger, décide Charles.

Et il se lève.

Au même moment, la sonnerie du téléphone résonne à l'intérieur de la maison.

— Va répondre, Charles, tu seras bien gentil, dit la grand-mère.

Le jeune homme entre dans le pavillon.

À la grande surprise de Pierre et de Jacques, qui attendent patiemment, il revient en courant, rouge d'émotion et les yeux brillants.

— Grand-mère ! C'était la maîtresse d'Élisabeth. Elle...

— La petite est retournée à l'école ou chez sa tante ? demande la vieille dame.

— Non, malheureusement ! Mais cette histoire d'argent volé est maintenant éclaircie, affirme Charles en la saisissant par la main. Il est prouvé que ce n'est pas Élisabeth qui l'a pris. D'ailleurs, je n'en avais jamais douté. La véritable voleuse a eu peur en lisant dans les journaux qu'Élisabeth avait disparu, et elle a avoué.

— Qui est-ce ? interroge Mlle Châtaignier, indignée.

— La meilleure amie d'Élisabeth, réplique Charles. Lucie Ferrand... Tu la connais, grand-mère ! Elle a passé quelques jours ici l'année dernière pendant les grandes vacances. Elle a vu le professeur mettre le portefeuille dans le tiroir du bureau ; elle s'en est emparée sous l'impulsion du moment et l'a caché sans même l'ouvrir. Elle n'imaginait pas qu'il s'agissait d'une somme importante ; elle a été prise de remords quand la police a été appelée.

— Je n'ai jamais aimé cette petite Lucie. Je lui trouvais l'air sournois ; ce n'était pas l'amie que je souhaitais pour ma petite-fille.

— Lucie était jalouse d'Élisabeth qui était toujours première dans toutes les matières et elle n'a rien trouvé de mieux que de mettre le portefeuille dans la commode de son amie. C'est là qu'on l'a découvert quand on a fouillé les affaires des pensionnaires. Élisabeth passait le dimanche chez tante Rose et la police est allée l'interroger.

— Pauvre Élisabeth ! soupire Mme Masson. Mais pourquoi n'a-t-elle pas dit que ce n'était pas elle qui avait pris l'argent ?

— Elle l'a dit, bien sûr. Mais on ne l'a pas crue. Elle était restée après les autres dans la classe pour finir ses devoirs, alors toutes les apparences ont été contre elle. Tante Rose a été bouleversée. Et la pauvre Élisabeth a dû penser que la fuite était sa seule solution. Elle craignait sans doute d'être envoyée en prison.

— Pauvre petite, murmure Mme Masson. Quelle horrible aventure pour une enfant si franche et si sensible !

— Oui. Mais comment lui apprendre que la coupable a avoué ? demande Mlle Châtaignier. Puisque nous ne savons toujours pas où elle est !

— C'est vrai, admet Charles avec inquiétude. Il faut que nous la retrouvions à tout prix ! Elle n'avait presque pas d'argent, tout juste de quoi payer le voyage jusqu'ici. Il ne lui est donc rien resté pour se loger et se nourrir. Elle se cache, épouvantée et malheureuse, croyant que nous avons honte d'elle.

— S'il te plaît, Charles, coupe Mme Masson en portant son mouchoir à ses yeux, fais tout ce que tu pourras pour retrouver Élisabeth, il le faut absolument.

— Le plus pressé est d'aller voir ce palefrenier qui dit avoir rencontré Élisabeth, acquiesce Charles en se levant. Voulez-vous m'accompagner, les garçons ?

— Oui, répondent Pierre et Jacques qui ont suivi la conversation avec grand intérêt. On vous montrera le chemin. On est si contents que tout soit éclairci !

chapitre 17

Robert a une conduite étrange

Charles Masson, Pierre et Jacques sortent du petit jardin et montent la colline jusqu'au club Laurent. Les deux garçons poussent leurs bicyclettes. Charles leur est très sympathique. Ils lui trouvent une ressemblance avec quelqu'un de leur connaissance, mais ils ne peuvent se rappeler qui.

— Où est Robert ? crie Pierre à Henri lorsqu'ils arrivent à l'écurie.

— Je ne sais pas au juste, répond le jeune palefrenier qui aide une jeune fille à seller un cheval. Pas bien loin sans doute.

— Allez voir de ce côté et moi je passerai de l'autre, propose Pierre à Charles et Jacques.

Ils se séparent ; Pierre entre dans une écurie et il aperçoit Robert qui nettoie une stalle, tout au fond.

— Eh ! Robert ! appelle Pierre. Une visite pour vous.

— Qui ? demande Robert.

— Vous vous souvenez de cette fille que vous avez vue, Élisabeth ? Eh bien, son frère Charles est revenu. Il est revenu d'Angleterre et il est inquiet parce que...

Il s'interrompt ; Robert a brusquement jeté son râteau et s'enfuit à toutes jambes de l'écurie. Pierre le suit des yeux, stupéfait.

Quand, un peu revenu de sa surprise, il sort à son tour, Robert a disparu. Le chef du Clan des Sept aperçoit Jacques et Charles qui s'avancent vers lui et les interpelle :

— Vous avez vu Robert ? Il vient de filer comme un zèbre... je ne comprends pas pourquoi !

— On a vu passer un garçon qui avait l'air d'avoir le diable à ses trousses, déclare Jacques. Juste au moment où on avait besoin de lui ! Tu ne lui as donc pas dit que quelqu'un voulait lui parler ?

— Bien sûr que si. Je ne sais pas s'il a entendu ou non ; mais brusquement il a lâché son râteau et s'est précipité dehors sans un mot ! répète Pierre, perplexe.

Henri, l'autre palefrenier, s'approche avec la jeune employée du club.

— Ne soyez pas étonnés, dit-il. Robert est un peu bizarre. N'est-ce pas, Catherine ?

La jeune fille hoche la tête.

— Il ne parle pas, explique-t-elle. C'est un drôle de garçon. Un peu fou, je crois.

— Où est-ce qu'il s'est sauvé ? interroge Pierre. Vous savez où il habite ? On pourrait aller chez lui et notre ami lui posera quelques questions.

Ni Henri ni Catherine ne connaissent l'adresse de Robert, et M. Laurent est absent. Jacques et Pierre renoncent donc.

— On est désolés, disent-ils à Charles. Pierre ajoute : On pourra revenir demain si vous voulez. D'ailleurs Robert ne sait rien d'important. Est-ce qu'il raconte même seulement la vérité ? Il a peut-être lu l'histoire d'Élisabeth dans les journaux et a tout inventé. Il paraît complètement fou.

— Merci, acquiesce Charles, de plus en plus soucieux. Je vais retourner à Blainville. Ma pauvre grand-mère ne sera tranquille que lorsqu'elle aura revu Élisabeth. Mes parents n'ont pas encore été avertis ; mais il faudra leur téléphoner demain et leur demander de revenir. Ils sont en Italie, où papa règle des affaires urgentes. Nous n'avons pas voulu les inquiéter, car les gendarmes croyaient retrouver ma sœur dans les vingt-quatre heures.

— Oui, puisqu'elle portait ses vêtements d'école et qu'elle n'avait pas d'argent, on aurait dû la repérer sans peine, remarque Jacques. Au revoir et bonne chance !

Les jeunes garçons remontent à vélo et descendent la colline.

— Je suis bien content qu'Élisabeth n'ait pas volé l'argent, confie Pierre. Bien qu'on ne la connaisse pas, j'étais sûr qu'elle n'était pas coupable ; une fille dont tout le monde vante la franchise et l'honnêteté ne s'empare pas d'un portefeuille. Maintenant que j'ai vu sa grand-mère et son frère Charles, je comprends encore mieux qu'Élisabeth est incapable d'un tel acte.

— C'est une drôle d'histoire, admet Jacques. Le mystère n'est pas encore éclairci, Pierre. Il faut absolument mettre la main sur Élisabeth. Rappelle-toi, elle ignore que la vraie voleuse a avoué.

— Je sais. On tiendra une réunion demain soir ; on avertira les autres à l'école. Il faut leur raconter les événements de ce soir et faire de nouveaux plans.

— D'accord. À demain.

Ils se séparent ; tous les deux ont la même idée en tête : « Quel dommage qu'Élisabeth ne sache pas que son innocence est reconnue ! »

Le lendemain soir, les membres du Clan se réunissent dans la cabane comme d'habitude, pressés d'entendre le récit de Jacques et de Pierre.

Ils sont tous très émus d'apprendre l'arrivée de Charles et la nouvelle palpitante annoncée par téléphone.

— Dommage que Robert n'ait pas parlé à Charles, réagit Colin, intrigué. Pierre, tu crois qu'il a inventé sa rencontre avec Élisabeth ? C'est peut-être la raison de sa fuite précipitée ?

— Je vais vous dire ce que je pense ! s'écrie brusquement Georges. Robert sait où est Élisabeth ! C'est pour ça qu'il agit si bizarrement. C'est pour ça qu'il s'est sauvé : pour l'avertir de l'arrivée de son frère.

— Tu as peut-être mis le doigt dessus, Georges, reconnaît Pierre après réflexion. Oui, c'est bien possible. Il faut donc qu'on aille le voir demain. On lui demandera à l'improviste où est Élisabeth et on examinera son visage. S'il le sait, il se trahira sûrement, même s'il jure que non.

— On demandera à Charles de nous accompagner, propose Jacques. S'il soupçonne que Robert connaît la cachette de sa sœur, il lui fera avouer la vérité.

— D'accord, approuve le chef du Clan. La journée de demain sera décisive. Je voudrais bien être plus vieux de vingt-quatre heures.

chapitre 18

Pierre perd la tête

Le lendemain soir, les Sept prennent leurs bicyclettes et se dirigent vers le club équestre de M. Laurent. Ils passent d'abord à la villa des Glycines. Charles étant sorti, ils lui laissent un mot pour l'inviter à les rejoindre s'il le désire.

Henri et la jeune employée déchargent une charrette de foin ; Robert est invisible.

— Il a demandé à travailler dehors aujourd'hui. Il est dans le grand pré, en bas de la colline ; allez-y si vous voulez. Je ne sais pas ce qu'il a, ce pauvre Robert, mais il est d'une humeur massacrante.

— Si un jeune homme appelé Charles vient, dites-lui où on est, recommande Pierre. Vous l'avez vu hier avec nous.

Ils descendent dans les prés et aperçoivent Robert monté sur un poney. Ils l'appellent. Robert s'arrête, les regarde, puis il fait un signe et s'approche au petit trot.

— Je suis occupé, articule-t-il. Que voulez-vous ?

— Écoutez, commence Pierre. Je veux vous poser une question. Savez-vous où se cache Élisabeth Masson ?

Une lueur d'effroi passe dans les yeux de Robert.

— Pourquoi voulez-vous que je le sache ? Vous êtes dingue !

Sur ces mots, il talonne sa monture et s'éloigne au galop.

— Il le sait mais il ne veut pas le dire ! s'exclame Jacques en se tournant vers Pierre.

Alors, l'étonnement le cloue sur place.

— Pourquoi fais-tu cette tête ? questionne-t-il.

Pierre, en effet, a un drôle d'air ; sa bouche est ouverte et ses yeux écarquillés comme s'il avait reçu un coup violent sur le crâne.

Jacques, effrayé, le saisit par les épaules et le secoue.

— Pierre ! Qu'est-ce qu'il y a ?

— Mais bien sûr, il sait où est Élisabeth ! affirme Pierre. Personne au monde ne peut le savoir mieux que lui ! Personne !

— Pierre ! crient les autres, se demandant si leur ami est devenu fou : ses paroles n'ont aucun sens.

Au lieu de répondre, Pierre se livre à une étrange excentricité.

Il soulève sa bicyclette par-dessus la clôture, saute dans le pré et se met à pédaler pour rejoindre Robert qui fuit au galop sur son poney.

Les autres le suivent des yeux, interloqués et consternés. Sans aucun doute, Pierre perd la tête ! Maintenant, il hurle à pleins poumons :

— Reviens, idiote ! Tout est arrangé ! Élisabeth ! Viens ! J'ai de bonnes nouvelles pour toi. Élisabeth ! Élisabeth !

— Il est fou, commente Jacques.

Tous partagent sa pensée.

Pierre gagne du terrain ; il appelle toujours.

— Élisabeth ! Tout est arrangé, je t'assure ! Lucie a avoué qu'elle a pris l'argent. Tout le monde sait que ce n'est pas toi ! Arrête-toi, idiote, écoute-moi.

Enfin, le poney stoppe ; Pierre peut s'approcher et mettre pied à terre près de lui. Les six autres accourent, impatients de connaître le secret de cette étrange conduite. Hors d'haleine, Pierre parle d'une voix entrecoupée.

— Tu es Élisabeth ! Je le sais. J'en suis sûr. Je savais que ton frère me rappelait quelqu'un ; brusquement j'ai constaté la ressemblance. Élisabeth, tout va bien. Ta maîtresse sait que tu n'es pas coupable. Regarde... voilà ton frère là-bas. Viens... Tu es Élisabeth, n'est-ce pas ?

Des larmes ruissellent sur les joues de la fillette.

— Oui, je suis Élisabeth Masson. C'est vrai, Lucie a avoué ? Je la soupçonnais mais je n'avais pas de preuves. On ne me prend plus pour une voleuse ?

— Non, assure Pierre. Tu en as, du cran ! C'est rudement dur, un travail de palefrenier ! Tu te cachais où, la nuit ?

— Oh ! voilà Charles ! s'exclame brusquement Élisabeth.

Elle lance son poney vers le nouveau venu.

— Charles ! Charles ! Que je suis contente de te voir !

Elle saute à terre et se jette dans les bras de son frère. Les Sept les contemplent, émus et joyeux. Le problème qui les a tant intrigués est enfin résolu à la satisfaction de tous.

— Petit singe ! s'écrie Charles, les yeux étincelants de gaieté. Qu'as-tu à dire pour ta défense ? Tu m'obliges à interrompre mon voyage en Angleterre. Tu mets les gendarmes sur les dents. Où te cachais-tu ? Comment entrais-tu dans la maison de grand-mère ? Pourquoi... ?

— Oh ! Charles, je répondrai à toutes tes questions, mais plus tard, réplique Élisabeth qui pleure et rit en même temps. Allons vite chez grand-mère. Il me tarde de l'embrasser et de lui demander pardon de l'avoir inquiétée.

— Viens, approuve Charles en prenant sa sœur par le bras. (Puis se tournant vers les Sept :) Venez aussi, nous avons beaucoup de remerciements à vous adresser ; je veux savoir comment vous avez deviné que ce garçon d'écurie n'était autre que ma petite sœur.

chapitre 19

Un heureux dénouement

Ils sortent tous du pré et prennent le chemin de la villa des Glycines.

Les Sept se réjouissent d'assister à l'entrevue d'Élisabeth et de sa grand-mère. À leur grande contrariété, ils rencontrent Suzie qui se promène avec une amie.

— Bonjour ! lance-t-elle. Vous avez éclairci votre mystère ?

— Oui, confirme Jacques. Élisabeth s'était déguisée en palefrenier et se faisait appeler Robert. Tu n'aurais jamais imaginé ça, hein ?

— Je le savais, affirme l'exaspérante Suzie. Je ne vous dirai pas comment je l'avais découvert, mais je le savais !

Et l'effrontée s'éloigne en faisant un signe d'au revoir.

— Quelle menteuse ! déclare Jeannette. Elle n'a pas pu deviner, hein, Jacques ?

— Bien sûr que non, réplique ce dernier. Mais elle continuera à affirmer le contraire. Je n'aurais rien dû lui dire.

— Tu parles toujours trop. On devrait te coudre la bouche, Jacques, renchérit Pierre. On est arrivés. Comme la grand-mère va être contente !

La joie de la vieille dame est indescriptible. Elle serre dans ses bras sa petite-fille transformée en un garçon aux cheveux courts et ne se lasse pas de l'embrasser et de la caresser. Des larmes de bonheur baignent son visage.

Mlle Châtaignier se précipite dans la maison et revient avec des gâteaux et de la limonade. Moustique, qui, comme d'habitude, a suivi ses jeunes maîtres, reçoit deux biscuits pour sa part et se régale.

— Élisabeth, où te cachais-tu ?... Mais, dis donc, tu portes ma culotte de cheval ! Où l'as-tu prise ? interroge Charles.

— Dans ta commode, répond Élisabeth. Je savais que personne ne s'apercevrait qu'elle manquait. Elle est un peu trop grande pour moi. Je te demande pardon de l'avoir salie. La nuit, je couchais dans le grenier à foin, enveloppée dans une couverture. J'avais bien chaud.

— C'est toi qui as pris la couverture du divan ? questionne Mlle Châtaignier. C'est bien ce que je pensais. Et les gâteaux et les autres provisions ?

— Oui. Mon voyage a coûté tout l'argent que j'avais, avoue Élisabeth. Il fallait donc que je travaille ; mais M. Laurent ne paie ses employés qu'à la fin du mois... en attendant, j'étais obligée de me débrouiller, je ne pouvais pas vivre sans manger.

— Pauvre petite ! soupire Mlle Châtaignier. Je savais que tu étais innocente, j'étais sûre que tu n'avais pas volé le portefeuille de ton professeur. J'avais soin de faire des tartes, des gâteaux, et de laisser du pain et de la viande froide dans le réfrigérateur, dans l'espoir que tu viendrais les prendre.

— Oh ! merci ! s'exclame Élisabeth. J'étais étonnée de trouver tant de choses et toujours les gâteaux que je préfère.

— Mais pourquoi nous avoir raconté que tu avais vu Élisabeth ? demande Pierre, intrigué.

— Pour brouiller les pistes, explique la fillette. Si les gens croyaient que j'étais partie pour l'Angleterre à la recherche de Charles, ils ne penseraient pas que je me cachais près de la maison de grand-mère. Je venais ici pour me ravitailler ; d'ailleurs je voulais rester dans le voisinage de quelqu'un qui m'aimait ; j'étais si malheureuse !

— Comment t'es-tu introduite dans la maison, Élisabeth ? poursuit Mlle Châtaignier.

— Oui, comment ? insiste Charles.

— Surtout l'autre soir, quand on guettait dans le jardin ! intervient Pierre à son tour. Que c'est drôle ! Tu y étais aussi, Élisabeth, tu faisais semblant de surveiller la maison, tu te faisais passer pour Robert et tu es montée en haut d'un arbre. Tu étais vraiment sur l'arbre ?

Élisabeth se met à rire.

— Bien sûr. Une branche touche les vitres de la salle de bains ; avec un canif, la fenêtre à glissière est facile à ouvrir, je vous montrerai. Mais elle est étroite et j'avais juste la place de me faufiler. Je riais en pensant que tout le monde était aux aguets pendant que je m'introduisais sans peine à l'intérieur de la maison. J'ai trouvé un véritable festin cette nuit-là ; vous avez vu la lueur de ma lampe électrique dans les pièces que je traversais, pas vrai ? Je remontais sur mon arbre quand les gendarmes ont frappé à la porte.

— Tu nous avais recommandé de ne pas révéler ta présence à la police ; c'était plus prudent, en effet ! comprend Pierre en riant. Ton frère a raison. Tu es un vrai petit singe !

— J'ai fait un très bon palefrenier, enchaîne gravement Élisabeth. M. Laurent était très content de moi, grand-mère, et il m'a même promis de m'augmenter si je continuais à bien travailler. Tu permets que je reste chez lui ? C'est beaucoup plus agréable que les maths et la géographie.

— Certainement pas, proteste Mme Masson en souriant. Tu retourneras en classe et tout le monde t'accueillera avec joie ; tu t'appliqueras de tout ton cœur et tu auras de bonnes notes malgré ton absence d'une dizaine de jours.

— Une autre chose m'intrigue, déclare Charles. Pierre, comment as-tu deviné si brusquement que Robert le palefrenier était Élisabeth ?

— La ressemblance entre vous deux m'a frappé tout à coup, explique le chef du Clan. En une seconde, toutes les pièces du puzzle se sont assemblées. J'avais peur qu'Élisabeth ne prenne la fuite à votre vue, comme hier quand elle a entendu votre voix. Je me suis donc précipité à sa poursuite en poussant des hurlements.

— Quelle surprise pour moi ! Je ne savais plus quoi penser quand tu m'as rattrapée en criant de toutes tes forces, dit Élisabeth. Mais je suis bien contente. Grand-mère, je viendrai passer les vacances chez toi, tu veux bien ? Je pourrai jouer avec mes nouveaux amis.

— Bien sûr, acquiesce la grand-mère. Je serai toujours enchantée de les voir. Seulement, il y a une chose qui me fait beaucoup de peine, Élisabeth... Tes cheveux ! Quel dommage que tu les aies coupés. Ils étaient si beaux !

— Il le fallait bien, grand-mère. Je les ai taillés avec tes ciseaux à ongles, la nuit où j'ai pris la culotte de cheval de Charles ; je porte aussi son pull, mais il est si sale qu'on n'en voit plus la couleur. Oh ! Grand-mère ! que je suis heureuse ! Tu ne peux pas imaginer à quel point !

— Partons, glisse Pierre aux autres membres du Clan des Sept. Laissons-les à leur bonheur. Venez, disons au revoir.

Ils prennent congé, et Moustique, gravement, présente sa patte à chacun. Puis ils montent sur leurs bicyclettes et retournent chez eux, l'épagneul trottant à leur côté.

— Quel dénouement merveilleux ! s'écrie Jacques. Qui aurait pensé que cette histoire finirait si bien ? Je suis très heureux moi-même. À quand la prochaine réunion, Pierre ?

— Demain... On fêtera notre succès, annonce Pierre. Vous apporterez tous quelque chose à manger et à boire. Et il faudra trouver un nouveau mot de passe, bien entendu. Qu'est-ce qu'on choisira ?

— Palefrenier ! propose Jacques.

Oui, c'est le mot de passe idéal…

… Mais je ne te dirai pas si les Sept l'ont adopté. Frappe à la cabane, murmure : « Palefrenier » et tu verras bien si Pierre t'ouvre la porte !

Déjà en librairie !

Le Clan des Sept va au cirque

Le Clan des Sept à la Grange-aux-Loups

Le Clan des Sept et les bonshommes de neige

Le Clan des Sept et le mystère de la caverne

Pour connaître la date de sortie du prochain tome, inscris-toi vite à la newsletter du site : www.bibliotheque-rose.com

Table

1. Du travail pour le Clan des Sept 9
2. Pan ! Pan ! Pan ! 15
3. Comment retrouver Élisabeth ? 21
4. Chez Mme Masson 27
5. Les aventures de Pam et de Babette ... 33
6. Le club Laurent 39
7. Robert donne des renseignements 45
8. Une fâcheuse interruption 51
9. Rapports et plans 57
10. Mlle Châtaignier a d'autres nouvelles 63
11. Robert... et quelques instants d'émotion 69
12. Déception ! 75
13. Le guet dans le jardin 81
14. Un mystère incompréhensible 87
15. Discussions et disputes 93
16. Un coup de théâtre 99
17. Robert a une conduite étrange 105
18. Pierre perd la tête 111
19. Un heureux dénouement 117

« Pour l'éditeur, le principe est d'utiliser des papiers composés de fibres naturelles, renouvelables, recyclables et fabriquées à partir de bois issus de forêts qui adoptent un système d'aménagement durable. En outre, l'éditeur attend de ses fournisseurs de papier qu'ils s'inscrivent dans une démarche de certification environnementale reconnue. »

Composition MCP – Groupe JOUVE – 45770 Saran
N° 782403W

Imprimé en Roumanie par G. Canale & C. S.A.
Dépôt légal : juillet 2012
20.20.2789.4/01 - ISBN 978-2-01-202789-3
Loi n° 49-956 du 16 juillet 1949
sur les publications destinées à la jeunesse.